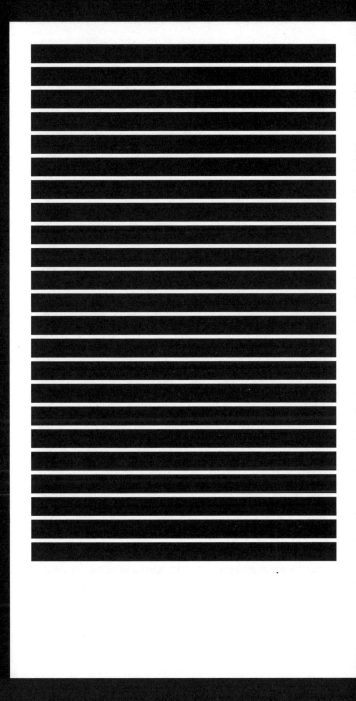

시기즈문트 크르지자놉스키는 모스크바에서 궁핍한 생활을 이어가던 중 어머니의 사망 소식을 듣고 고향을 방문한다. 여행 경비를 마련하기 위해 그는 자신의 장서를 모두 팔아버린다. 모스크바로 돌아온 뒤에도 그는 돈이 없어 서가를 채우지 못했지만 비상한 기억력으로 팔아버린 책의 내용을 모두 기억해낸다. 이 에피소드는 『문자 살해 클럽』 속 제즈의 사연으로 반복된다. 이후 제즈는 문자 살해 클럽을 만들며 문자화되지 않은 순수하고 자유로운 구상의 왕국을 꿈꾼다.

문자와 구상의 관계가 육체와 영혼의 관계와 같다면 후자를 전자로부터 구출해낼 수 있을까? 글쓰기로 변질되지 않는 순수한 구상이 존재할 수 있을까? 문자 살해 클럽의 구성원들은 이러한 질문에 사로잡혀 있다. 이들은 매주 토요일마다 돌아가며 문자화되지 않은 이야기를 나눈다. 고대 로마, 프랑스 중세 시대로부터 디스토피아적 미래 세계에까지 이르는 다양한 이야기는 문자로부터 벗어나려는 이들의 움직임과 중첩된다.

한편 이토록 문자를 혐오하는 이들의 이야기는 그럼에도 글로 쓰였고 우리는 그 글을 보고 있다. 이 책에 쓰인 글자 하나하나는 자신이 담고 있는 것의 정수를 매 순간 배반하고 있는 듯하다. 그렇다면 누가 클럽의 규약을 어겼는가, 누가 신성한 비밀을 누출하였는가? 그리고 왜?

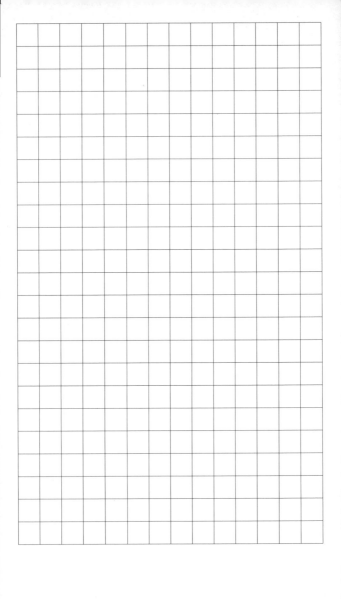

문 자
살 해
클 럽

시 기 즈 문 트
크 르 지 자 놉 스 키
지 음

서 정
옮 김

1

"익사자 위로 피어나는 거품."

"무슨 말이요, 그게?"

그는 서가에 꽂혀 우리 쪽으로 부풀어오른 책등을 세모 난 손톱으로 피아노 건반 활주하듯 빠르게 훑어내렸다.

"말 그대로, 익사자 위로 거품이 인다는 말이오. 깊은 물에 머리가 박히면 바로 거품을 내뿜지 않소. 보글보글하다가 팡 터지잖냐고요."

그는 벽을 따라 빽빽하게 줄지어 서서 침묵하는 책들을 재차 바라보았다.

"그러니까 당신은, 그 거품이 태양과 푸른 하늘을, 또 녹음 짙어 굴곡진 해안을 잡아낼 수 있다고 말하고 싶은 거요?

그렇다고 칩시다. 하지만 입이 벌써 바닥에 가닿은 사람한테 그게 다 무슨 소용이오?"

갑자기 어떤 단어가 떠오른 듯 그는 벌떡 일어서더니 등 뒤에서 손가락으로 팔꿈치를 감싸고는 서가와 창문 사이를 왔다 갔다 걷기 시작했다. 나와는 아주 가끔 눈을 마주칠 뿐이었다.

"자, 이걸 기억해두시오, 친구. 만약 도서관 서가에 책 한 권이 더 놓인다면 그건 실제 삶에서 한 사람이 줄어든다는 얘기라오. 서가와 세상 사이에서 선택해야 한다면 나는 세상 쪽이오. 거품은 밝은 데로 뜨고, 자신은 바닥으로 꺼진다? 아니, 고맙지만 나는 됐소."

"하지만 당신은 말이지," 나는 소심하게 반대 의견을 피력해보았다. "당신은 이제껏 수많은 책을 내지 않았소? 우리 모두 익숙하게 읽어왔단 말이오. 당신이 건넨……"

"그랬소. 하지만 더는 아니라오. 벌써 2년이나 되었지, 한 글자도 내놓지 않은 지."

"내 읽고 들은 바로는, 당신이 새롭고 큰일을 준비하고 있다던……"

그는 끝까지 듣지 않고 말을 채가는 버릇이 있었다.

"큰일인지는 모르겠지만 새로운 일이기는 하오. 그 일에 대해 왈가왈부 쓰고 말하는 사람들은, 단언컨대 내게서 물리적 활자로 증표를 얻을 수는 없을 거요. 알겠소?"

그때 내 얼굴이 분명 이해한 표정은 아니었을 것이다. 그는 몇 분간 머뭇거리더니 갑자기 비어 있는 팔걸이의자로 다가가서는 의자를 내 쪽으로 돌렸고 내 무릎과 자기 무릎이 맞닿을 정도가 되도록 붙어 앉아서 호기심 어린 눈으로 내 얼굴을 쳐다보았다. 매초마다 침묵이 힘겹게 지속되었다.

그는 마치 방에서 자기가 잃어버린 물건을 찾듯이 나를 눈으로 훑으며 샅샅이 무언가를 찾고 있었다. 나는 불쑥 일어섰다.

"내 알기로 말이요, 당신은 토요일 저녁이면 늘 바쁘지 않소. 날이 곧 저물려 하니 이만 일어서야겠군요."

그의 굳은 손가락들이 내 팔꿈치를 움켜쥐는 바람에 나는 일어서지 못했다.

"맞는 말이오. 토요일이면 나는, 아니, 우리는 사람들로부터 문을 걸어 잠그지요. 하지만 오늘은 당신에게 그걸 보여주겠소. 그냥 가지 마시오. 당신이 제대로 보려면 그래도 몇 가지 배경지식을 갖춰야 할 거요. 아직 우리끼리니 대략 설명해주겠소. 당신이 아는지 모르겠지만, 젊은 시절 나는 찢어지게 가난한 학생이었소. 내 초기 원고들은 우편 요금을 빌미로 내게서 마지막 구리 동전 하나까지도 빼앗아갔다오. 그러나 그 원고들은 결국 어김없이 너덜너덜해지고 기름에 절고 우편 소인에 두들겨패져서 내 책상 서랍으로 다시 돌아오곤 했소. 내 소설들의 무덤 역할을 했던 책상 이외에도, 내 방에는 침대 하나, 의자 하나가 있었고, 또 벽 길이만큼 긴 서가가 있었는데, 선반 넷이 글자의 무게를 못 이기고 휘어져버렸다오. 벽난로에 장작이 없고 내게 음식이 없는 날들이 부지기수였지. 그러나 책에 대해서라면 나는 거의 종교적인 자세를 고수했다오. 다른 식으로 말하자면, 책을 내다 판다는 것, 그런 건 생각조차 해보지 않았다는 얘기요. 그런데 어느 날 이런 전보가 전해졌소. '토요일 모친 사망. 참석 요망. 긴급.' 아침 일찍 전보가 내 책들을 공격했소. 저녁 무렵 서가들이 텅 비었고 나는 서너 개의 수표로 변해버린 내 도서관을 옆 주머니에 꽂아 넣었소. 당신에게 생명을 준 사람의 죽음, 이건 무척 중차대한 일이지. 언제나, 누구에게나. 삶에 검은 쐐기가 박히는 것과 같다오.

장례 일정을 끝마치고서 나는 1,000베르스타[†]를 이동해 내 미천한 거처 문턱으로 돌아왔소. 떠나던 그날로 나는 주변과 단절되었지. 그제야 비로소 텅 빈 서가의 효과를 인식했고 그에 대해 생각하게 되었다오. 기억하기로, 나는 옷을 벗고 나서 책상 앞에 앉아서는 네 개의 검은 선반이 떠받치고 있는 공허 쪽으로 고개를 돌렸지요. 선반들은 책의 무게가 이미 덜어진 형편임에도 마치 공허가 수직으로 누르는 듯이 여전히 휘어진 채로 있었다오. 다른 데로 눈을 돌리려고 해봤으나, 방에 있는 것이라고는, 이미 말한 바대로, 서가와 침대뿐이었소. 옷을 벗고 누워서 내 우울을 잠재우려고 해봤지요. 어림없었지. 짧은 휴식을 뒤로하고 곧 감각이 다시 나를 깨웠소. 얼굴을 선반 쪽으로 향하고 누워서 나는 서가의 벌거벗은 선반을 따라 달빛이 떨리는 모습을 바라보았다

[†] 러시아의 옛 거리 단위로 1베르스타는 1.067킬로미터에 해당.

오. 겨우 감지할 수 있는 어떤 삶이 소심한 발걸음으로 그 책 없는 상태 속에서 동터오는 것만 같았소.

이 모든 건 팽팽한 신경전이었다고 할 만하오. 아침이 현악기처럼 줄감개를 풀어버리면, 나는 햇빛에 잠긴 텅 빈 선반의 깊숙한 곳을 조용히 둘러보았고, 책상 앞에 앉아 일상적인 업무를 보았소. 찾아볼 게 있어서 습관적으로 왼손을 책등 쪽으로 뻗었는데, 거기엔 책등 대신에 공기만 있었소. 몇 번이고 그랬다오. 나는 성가신 기분으로 햇빛 먼지가 그득하게 들어찬 책 없음을 응시했소. 내게 필요한 페이지와 행을 보기 위해 기억의 줄을 팽팽히 당기며. 하지만 가상의 제본 내부에 있는 가상의 글자들이 한쪽에서 다른 쪽으로 경련을 일으켰고 필요한 행 대신에 오색찬란한 단어 파편들이 발견되었소. 곧 행이 부서져서 판형 수십 개로 떨어져나갔던 거지. 나는 그중 하나를 골라서 조심스럽게 내 텍스트에 적어넣었다오.

나는 저녁 무렵 일을 좀 쉬면서 침대에서 몸을 쭉 늘어뜨리기를 좋아했소. 묵직한 세르반테스 책을 손에 들고 눈으로 이 에피소드에서 다음 에피소드로 이동하면서 말이지요. 책은 거기 없었지. 하지만 난 다 기억하고 있었소. 그 책은 아래쪽 선반 왼쪽 구석에 있었소. 모서리가 노랗게 장식된 검은 가죽 장정 책이었는데 빨간색 사피아노 가죽으로 감싼 칼데론‡ 종교극과 딱 붙어 있었지. 나는 눈을 감고서 그 책이 여기 내 옆에, 내 손바닥과 내 눈 사이에 있다고 상상하

‡ 페드로 칼데론 데 라 바르카(Pedro Calderón de la Barca, 1600~1681). 황금시대를 대표하는 스페인 극작가. 대표 희곡으로 『명예로운 의사』『인생은 꿈』 등이 있다. '아우토스 사크라멘탈레스(autos sacramentales)'라는 우화적 종교극으로도 이름을 떨쳤다.

려고 노력했다오(그래서 연인에게 버림받은 이들은 눈꺼풀을 딱 붙이고 정신을 집중해 자기들 사랑과 만나기를 계속하는 겁니다). 그리고 성공했소. 나는 마음속에서 페이지를 넘기고 있었소. 하지만 내 기억은 곧 어떤 글자들을 아래로 떨어뜨렸지. 글자들이 뒤섞였고 시야에서 미끄러져 나갔다오. 나는 그것들을 되돌리려 애썼소. 어떤 단어들은 되돌아왔지만 어떤 단어들은 그렇지 않았지. 나는 틈을 메우기 시작했다오. 남은 단어들 사이에 내 단어들을 끼워넣으면서 말이오. 이 놀이에 지칠 즈음 눈을 뜨면 방은 밤으로, 방과 선반의 모든 구석을 채우는 흑암으로 가득차 있었소.

그즈음 나는 시간 여유가 많아서 책 없는 선반들의 공허와 벌이는 이 놀이를 점점 더 자주 반복하게 되었소. 날마다 그들은 글자로 된 환상으로 자라갔소. 난 글자를 찾으려 서점이나 헌책방을 돌아다닐 돈도, 욕망도 더이상 없었다오. 그저 내 안에서 글자들과 단어들, 구절들을 마지막 한줌까지 추출할 뿐이었지. 구상(構想)을 붙잡았고 정신적으로 찍어냈고 삽화를 그려넣었고 섬세하게 고안된 장정을 입혔소. 구상 옆에 구상을, 환상 옆에 환상을 보기 좋게 세웠고. 내가 주는 무엇이든 검은 나무 선반 내부로 전부 흡수하는 그 순종적인 공허를 나는 그렇게 채워나갔소. 그러던 어느 날, 빌려 갔던 책을 돌려주려고 온 어떤 손님이 그 책을 꽂아놓으려고 서가에 다가갔을 때, 나는 그를 멈춰 세우고 말았소.

"꽉 찼습니다."

내 손님도 나처럼 딱한 사람이었지. 그는 기이하게 굴권리는 반쯤 굶어 죽어가는 시인들이나 갖는 것이라고 알고 있었거든. 그는 가만히 나를 쳐다보더니, 책을 책상에 놓고는 묻더군. 자기 시를 들어보겠냐고.

그와 그가 지은 시를 뒤로하고 문을 닫고서, 나는 즉시 책을 아무데나 치워버리려고 애썼다오. 부풀어오른 책등 위로 저속하게 번쩍거리는 글자들이 이제 겨우 자리잡은 내 구상 게임을 방해하고 있었으니까.

그와 동시에 나는 필사 작업도 계속했소. 예전에 보냈던 주소로 이번 새 원고 뭉치를 보냈더니 정말이지 놀랍게도 이번엔 반송되지 않았다오. 그 소설들은 통과되었고 인쇄되었지. 결과적으로 말하면, 종이와 잉크로 된 책들이 결코 일러주지 못했던 경지에 공기 3제곱미터의 도움으로 나는 비로소 이르렀다고 할 수 있겠소. 이제 뭘 해야 할지 알 수 있었소. 그것들을, 내 가상의 책들을, 내 환상들을, 낡은 서가의 검은 선반들 사이에 꽉 찬 공허를, 차례차례로 꺼내는 것이었지. 보이지 않는 글자들을 아주 평범한 잉크에 담그면서 그것들을 필사본으로, 필사본을 다시 돈으로 바꾸었지. 그리고 한 해 두 해 지나면서, 점차 내 이름은 비대해졌고 돈도 점점 더 많아졌지만, 내 환상의 도서관은 점차 고갈되어갔던 것이오. 내가 내 서가의 공허를 너무 물색없이 부주의하게 소비해버린 거지. 그 공허는, 말하자면 점점 마모되었고 결국 평범한 공기로 변해버렸소.

비쳤던 내 방은 당신이 지금 보다시피 그럴듯하게 설비된 아파트로 성장했소. 여태 옛 서가에서 복무하다가 역할을 다한 공허를 나는 책 무게로 다시 채웠고, 그 옆으로 커다란 유리문 달린 서가를 또 들여놓았다오. 바로 이거요. 관성이 붙은 탓에, 나중엔 내 이름만으로도 자꾸만 새로운 사례비가 따라왔다오. 하지만 난 알았소. 팔려나간 공허가 조만간 복수하리라는 것을. 사실 작가들이란 전문적으로 단어를 조련하는 자들이라, 해당 행에 걸어들어오는 단어들이 살아 있는 존재라면, 단어들은 아마도 펜촉을 두려워할 테고, 또 증오할 거요. 마치 길들이는 짐승들에 채찍질하듯 하니까. 아니 더 정확하게 말해볼까? 카라쿨이라고 불리는 품종의 양 모피 만드는 법에 대해 들어본 적 있소? 그 공급업자들끼리 쓰는 용어가 있거든. 그들은 교묘한 방법으로 태어나지 않은 어린 양의 피부에 있는 무늬와 털의 곱슬기를 추적하고 정확하게 원하는 조합을 기다리면서 출산 전에 아직 태어나지도 않은 양을 죽여버리지. 그들은 이걸 '무늬를 수정한다'라고 말하지요. 우리도 결국 구상을 그렇게 다루는 거잖소. 제조업자들이고 살해자들이지.

물론 나는 그때도 썩 순진한 사람은 아니어서 구상 살해 전문가로 내가 변했다는 걸 알고 있었소. 그렇지만 내가 달리 뭘 할 수 있었겠소? 글을 달라며 앞다투어 내미는 손바닥들이 나를 둘러싸고 있었소. 그들에게 문자를 한줌씩 던져주었지. 하지만 그들은 자꾸만 더 요구했다오. 잉크에 취해 새로운 주제를 계속 손에 쥘 수만 있다면 나는 어떤 비용을 치르더라도 상관없었소. 그러나 고통당한 환상은 더이상 그걸 허락하지 않았소, 단 하나도. 그즈음 나는 오래전 증명된 방법에 기대 억지로 환상을 불러오기로 했지. 그래서 내 아파트 방 한 칸을 말끔히 비웠는데, 아니, 이럴 게 아니라 같이 가봅시다. 당신에게 보여주는 게 더 간단하겠소."

그가 일어섰다. 나는 뒤따랐다. 우리는 방을 차례차례 지나갔다. 문턱을 지나고 또다른 문턱을 지나고 복도를 지나, 그는 (벽 색깔과 같은 색의) 칸막이 커튼에 가린 어느 잠긴 문 앞으로 나를 이끌었다. 열쇠가 철커덕 소리를 냈고 그다음에, 스위치가 탁. 나는 정사각형 방안에 들어와 있었다. 문지방 맞은편 저 끝에 벽난로가 보였다. 벽난로 주위로 호를 그리며 육중하게 조각된 팔걸이의자 일곱 개가 늘어섰고, 어두운 펠트 천으로 덮인 벽을 따라 완전히 텅 빈 까만 서가들이 이어졌다. 그리고 주물 불 집게가 벽난로 가리개 창살에 기대어 있었다. 그게 다였다. 걸음 소리를 빨아들이는 민무늬 카펫을 지나 우리는 반원형으로 늘어선 팔걸이의자들 쪽으로 다가갔다. 집주인이 손짓했다.

"앉으시오. 왜 일곱인가 하고 놀라시는 거요? 처음엔 여기 팔걸이의자가 하나뿐이었다오. 서가의 공허와 이야기를 나누려 나 혼자 오곤 했으니 말이오. 나는 이 검은 나무 공동(空洞)에 대고 주제를 물었소. 참을성 있게, 매일 저녁, 나는 침묵과 공허와 함께 여기 유폐되었고 기다렸소. 나를 매몰차게 외면하고 죽어 있는 선반들은 검은 광택을 반짝이면서 전혀 대답을 주려 하지 않았지. 그래도 단어 조련을 밥벌이로 하던 나는 꾸역꾸역 잉크병 앞으로 물러나 앉았다오. 그때 마침 마감이 두세 개 걸려 있었는데, 글감이 아무것도 없었지.

오, 그즈음 수만 개의 눈에 매 맞고 지친 내 이름을 둘러싸고 있다가 종이칼로 문예지 최신호의 배를 가르는 그 모든 사람을 나는 얼마나 혐오했던가. 지금 막 작은 일화가 기억났소. 대문도 꽁꽁 얼어붙은 도로에서 한 소년이 방한화를 구걸하며 몇 글자 써붙이며 소리쳤소. 바로 그때 이런 생각이 들었소. 내 문자도 그의 문자도 한길로 가리라. '신발 밑창 아래로.'

그렇소, 나는 나 자신도 내 문학도 짓밟혔고 무의미해졌음을 느끼고 있었소. 병마가 때마침 나를 돕지 않았다면 건전한 해결책은 거의 찾을 수 없었을 거요. 급작스럽게 찾아와 중증으로 변해버린 그 병으로 나는 오랫동안 집필에서 멀어졌소. 내 무의식은 쉬며 시간을 벌 수 있었고 의미를 수집할 수 있었던 거요. 그리고 나는 기억하오. 내가 아직 덜 회복되어서 세상에는 다리 한쪽만 걸치고 있을 때, 오랜 단절 이후 이 검은 방의 문을 열었을 때, 그리하여 바로 이 팔걸이의 자에 다다라 다시 이 책 없음의 공허를 둘러보았을 때, 그것은 비록 불분명하고 나직했지만, 아무튼 그래도 내게 말하기 시작했소! 내게 다시 말하기로 동의했던 거요. 한물간 나날이 영원하리라 낙심했던 바로 그때 말이오. 아시겠소? 내게 그 일이란 정말이지……"

그의 손가락이 내 어깨에 걸렸다가 곧바로 물러났다.

"하지만 당신과 나는 감정 분출에 할애할 시간이 없구려. 곧 몰려들 올 거요. 그러니 논점으로 돌아옵시다. 내 구상은 사랑과 침묵을 요구함을 이제는 알겠소. 이전에 횡령했던 환상을 이제는 비축하기 시작했고 호기심 어린 눈길들로부터 감추어 보호하기 시작했던 것이오. 나는 환상을 여기에 모두 가두고 열쇠로 잠가버렸고 이렇게 보이지 않는 내 도서관은 다시 나타났다오. 환상 옆에 환상이, 작품 옆에 작품이, 사본 옆에 사본이 바로 이 서가를 채우기 시작했소. 여기를 보시오, 아니지, 가운데 선반 오른쪽, 당신은 전혀 보이지 않나 보오, 그렇지 않소? 하지만 나는……"

나는 얼떨결에 뒤로 물러설 수밖에 없었다. 그의 날카로운 눈동자가 강렬하고도 농도 짙은 기쁨으로 전율했다.

"그래요, 그때 나는 굳게 결심했던 겁니다. 잉크병 뚜껑을 쾅 닫아버리고서 순수하고 실체 없이 자유로운 구상의 왕국으로 돌아오겠노라고 말이죠. 고질적인 습관 때문에 가끔 종이에 끌려가기도 했고 그러다 연필에서 몇 마디가 슬그머니 빠져나오기도 했지만, 나는 얼른 이 괴물들을 죽여버렸고 옛 작가적 버릇을 무자비하게 다루었소. 자르디네티 디 산 프란치스코라고도 하는 성 프란치스코[†]의 정원에 대해 들어본 적 있소? 이탈리아에 갈 때면 나는 그곳을 자주 방문한다오. 거의 모든 프란치스코회 수도원마다 높고 육중한 장

[†] 아시시의 성 프란치스코(Saint Francesco d'Assisi, 1181~1226). 이탈리아 수도사로 13세기 유럽의 사상, 문화에 절대적인 영향을 끼쳤다. 그가 조직한 '작은형제회'가 훗날 프란치스코 수도회가 된다. 인간과 자연에 대한 넘치는 사랑으로 청빈하게 생활했다.

벽 안으로 사방 1미터짜리 화단 한두 개로 된 작은 꽃밭들이 있지요. 지금은 솔디[†] 은화 몇 닢에 성 프란치스코의 전통을 위반하면서 내부를 들여다보는 게 허락되었소. 물론 밖에서 창살 사이로만 보는 거지만. 예전에는 이마저도 허락되지 않았다오. 프란치스코의 유훈에 따라 꽃들은 여기서 다른 누군가를 위해서가 아니라 오로지 자기 자신을 위해서만 자라났소. 그 꽃들은 꺾어서도 안 되고 담장 밖으로 옮겨 심어서도 안 되었지. 서약하지 않은 자에게는 발을 들여놓는 것, 심지어 꽃이 심긴 땅에 눈길을 주는 것조차 허락되지 않았소. 모두의 손길에서 단절되고 눈동자와 가위로부터도 안전해진 꽃들은 자신을 위해서 피고 향기 내었지.

당신이 이상하게 보지 않았으면 하오만, 나는 침묵과 비밀이 보장된 채 유폐된 나만의 정원을 가꾸기로 결심했다오. 온갖 구상들, 벼린 환상들, 기이한 고안들이 사람들 눈에서 멀리 떨어져 오로지 자신들을 위해 자라고 꽃피울 수 있도록. 나는 무겁게 매달려 가지를 괴롭히고 시들게 하는 거친 껍질을 지닌 열매들을 싫어하오. 내 작은 정원에는 의미와 형태가 어우러진 복합 개화체만 있어 영원히 땅에 떨어지지 않고 영원히 열매 맺지 않기를 원했지. '나'로부터 한 발자국도 밖으로 나오지 못한 채 다른 사람들을 꺼리고, 내 것이 아닌 낯선 생각이라면 무조건 혐오하고 보는 이기주의자라고 나를 욕하지 마시오. 그런 게 아니오. 세상에서 진실로 내게 미움받을 존재는 단 하나, 문자요! 그러니, 이 비밀을 통과해 순수

†   옛 이탈리아 화폐 단위.

한 구상의 화단 곁에서 살며 일할 수 있고 또 그렇게 되고자 하는 사람들은 모두 여기 올 수 있고 또 그렇게 내 형제가 되는 것이라오."

그는 잠시 말이 없었고 주위에 반원으로 늘어서서 마치 그가 하는 말을 주의 깊게 듣고 있는 것 같은 참나무 등받이 팔걸이의자들을 뚫어져라 쳐다보았다.

"필자와 독자의 세계로부터 선택된 사람들이 이 문자 없는 곳에 서서히 모이기 시작했소. 내 구상의 정원은 모두를 위한 게 아니오. 우리는 지금도 많지 않고 또 앞으로는 더 적어질 거요. 텅 빈 선반의 멍에가 버겁기 때문이지. 하지만 여전히⋯⋯"

나는 반박했다.

"당신 스스로 그렇게 밝히기도 했소만, 당신은 문자를 모조리 빼앗아버리고 있군요. 스스로에게서만 아니라 다른 이들에게서도. 나는 당신에게 앞다투어 내밀었다는 그 손바닥들을 떠올려보라 하고 싶군요."

"글쎄요, 이거 아시오? 한번은 괴테가 에커만[‡]에게 이렇게 말했소. 셰익스피어는 200년간 영문학 전체의 성장을 억눌러온 지나치게 무성한 나무라고 말이오. 그런데 그 말의 장본인인 괴테에 대해, 30년쯤 지나서 뵈르네[ɬ]가 이렇게 썼다오. '독문학이라는 몸체에 고루 뻗은 괴물 같은 종양'이

[‡] 요한 페터 에커만(Johann Peter Eckermann, 1792~1854). 독일의 시인이자 작가. 요한 볼프강 폰 괴테의 말년에 그와의 우정으로 맺은 결실인 『괴테와의 대화』로 잘 알려져 있다.

[ɬ] 카를 루트비히 뵈르네(Karl Ludwig Börne, 1786~1837). 독일 출신 정치 칼럼니스트. 1830년 7월 혁명 이래 파리에 이주하여 '파리 통신'을 썼다. 괴테에 대한 신랄한 비판으로 유명하다.

로다. 둘 다 옳았다오. 우리의 문자화가 서로를 억압한다면, 또 작가들이 서로의 작업을 방해한다면, 그들은 독자들의 구상조차 방해하는 거요. 말하자면, 독자는 구상을 지닐 수 없게 되고 그에 대한 권리는 이 일에 대해 좀더 힘있고 경험 많은 단어 전문가들에 빼앗기는 셈이지요. 도서관들은 독자의 상상력을 짓밟았고 소수 작가 그룹이 내놓은 전문적인 글들이 서가와 머리를 토할 정도로 가득 채웠소. 문자 과잉은 박멸해야 마땅하오. 서가에서나 머리에서나. 자기 공간을 확보하기 위해서는 다른 이의 공간을 조금이라도 비워야 할 필요가 있다는 말이오. 구상할 권리는 모든 이에게 있소. 프로나 아마추어 모두에게. 내 당신에게 여덟번째 팔걸이의자를 가져다주겠소."

대답을 기다릴 새도 없이, 그는 방을 나갔다.

홀로 남은 나는 공허를 떠받치는 선반들을 품은 채 발소리와 단어를 숨죽이게 만드는 시커먼 격리자를 다시 한번 살펴보았다. 당혹과 긴장이 매 순간 내 안에 쌓여갔다. 생체 해부에 노출된 동물이 느낄 법한 감정이었다. '그 혹은 그들에게 대체 왜 내가 필요한 걸까? 그들의 구상은 내게서 무엇을 원하는 걸까?' 그러자 상황을 제대로 파악해보겠다는 결심이 섰다. 문이 열리자 문턱엔 이미 두 사람이 서 있었다. 집주인, 그리고 짧게 깎은 붉은 머리 아래로 둥근 얼굴에 안경 쓴 사람이. 거의 눕다시피 축 처져서 마치 연체동물 같은 몸을 지팡이에 의지한 채로 그는 문턱에서 둥근 안경 렌즈 너머로 나를 살폈다.

"이쪽은 다스." 집주인이 소개했다.

나는 내 이름을 말했다.

그를 뒤이어 문 앞에 세번째 사람이 나타났다. 작고 깡마른 몸에 눈매가 바늘 같고, 그 아래로 움찔거리는 턱에 입은 건조해 쩍 갈라진 가느다란 틈처럼 생긴 사람이었다. 집주인은 세번째 사람 쪽으로 돌아섰다.

"아, 튜드라고 하오만."

"나는 제즈요."

내 눈에서 당혹감을 눈치채고서 자기를 제즈라고 소개한 집주인이 즐겁게 웃었다.

"우리 이야기를 듣다보면 당신도 쉽게 이해하게 될 겁니다. 작가 이름은 여기서—그는 이 단어를 특히 강조했다—아무런 의미가 없습니다. 책 껍데기에나 있으라지요. 대신에 우리 형제들 각자에게는 소위 '무의미한 음절'이 주어집니다. 한번 들어보십시오. 매우 학식 있는 교수 에빙하우스[†]라는 분이 기억의 법칙을 연구하면서 이름 붙인 바 있는 '무의미한 음절' 체계에서 따온 말입니다. 말하자면 그는 그냥 아무 모음을 하나 선택하고 그 앞뒤로 자음을 붙였습니다. 그렇게 만들어진 일련의 음절들에는 의미의 그림자조차 어른거리지 못했습니다. 나머지 기억 창고는 기억술사 에빙하우스의 기억 과정 연구에 사용되었고, 우리는 오히려…… 음, 이건 더이상의 설명이 필요 없겠지요. 우리도 자음 하나와 모음 하나로

[†] 헤르만 에빙하우스(Hermann Ebbinghaus, 1850~1909). 기억에 대한 실험 연구를 개척한 독일의 심리학자. 망각 곡선과 간격 효과를 발견했다. 인간의 기억에 관한 최초의 엄격한 실험적 연구를 진행했고 의미의 영향을 받지 않는 순수한 기억의 흔적을 연구했다.

된 글자 둘을 임의로 조합해 이름을 만든 것뿐입니다. 그런데 우리 구상가들은 대체 어디 있나요? 시간이 다 되었는데."

화답이라도 하듯, 누군가 문을 두드렸다. 두 사람이 들어왔다. 히그와 쇼그였다. 잠시 후 또다른 사람이 문간에 나타났다. 천식으로 쌕쌕거리고 땀을 닦으면서. 그의 별칭은 페브였다. 팔걸이의자가 하나만 빈 채로 남아 있었다. 마침내 마지막 사람이 들어왔다. 얼굴 윤곽이 부드럽고 이마 선이 가파른 사람이었다.

"늦었군요, 라르." 의장 제즈가 그를 맞이했다. 라르라는 이가 고개를 들어 올려다보자, 그들은 아주 멀리서 보듯 무심하게 바라보았다.

2

잠시 침묵이 흘렀다. 쇼그가 쪼그리고 앉아 벽난로에 불 피우는 것을 다들 바라보았다. 마치 어떤 의식을 거행하는 듯한 쇼그의 느린 움직임을 따라 나는 그를 살펴볼 수 있었다. 그는 모인 사람 중 눈에 띄게 젊었다. 불길이 그의 얼굴에 반사되어 눈부시게 춤추기 시작하면서 또렷하게 눈에 띄는 변화무쌍한 입술 라인과 가늘게 떨리는 콧방울의 부기가 유달리 도드라져 보였다. 벽난로에서 탁탁 거리며 타들어가던 장작이 쉭 소리를 내며 잦아들 때, 의장 제즈가 주철로 된 불집게를 손에 쥐고 벽난로 쇠막대를 탕탕 쳤다.

"주목하십시오! 문자 살해 클럽의 일흔세번째 토요일을

지금 문 열겠습니다."

그런 다음 바로 그 의식을 치르기 위해 그는 천천히 문으로 걸어갔다. 딸깍, 딸깍. 문이 잠겼다. 제즈가 뻗은 손에서 열쇠 쇠붙이가 번쩍였다.

"라르, 오늘 열쇠와 말의 주인은 당신이오."

라르는 잠시 가만히 있다가 이윽고 입을 뗐다.

"내 구상은 4막짜리입니다. 제목은 'Actus morbi(병력)'[†]이고요."

의장은 주의를 환기했다.

"잠깐, 미안하오만, 희곡이요?"

"그렇습니다."

제즈의 눈썹이 신경질적으로 떨렸다.

"그럴 줄 알았소. 당신은 언제나 일부러 그러기라도 하듯 클럽의 전통을 어기는구려. 각색은 품위를 떨어뜨리는 짓이오. 구상을 극화해 극장에 올리면, 그 구상은 창백해지고 불완전한 형태가 되는 거요. 당신은 늘 열쇠 구멍으로 빠져나가려 애쓰는군요. 그러곤 밖으로 튀어버리지. 벽난로의 잉걸불에서 무대의 각광(脚光)[‡]으로. 각광을 주의하시오! 그리고 무엇보다, 우리는 당신 이야기를 '듣는' 자들임을 명심하시오."

이야기를 시작했던 라르의 얼굴엔 당황한 기색이 드러나지 않았다. 말이 끊겼던 그는, 제즈의 일장 연설을 차분하게 다 듣고는 자기 말을 이어갔다.

[†]   라틴어로 actus는 '(연극의) 막' 혹은 '내력'을, morbus는 '병'을 의미한다. 다만 원서에는 해당 표현이 '사망 증명서'를 뜻한다는 각주가 붙어 있었다.

[‡]   무대의 앞쪽 아래에 장치하여 배우를 비추는 광선. 풋라이트.

"세계적으로 잘 알려진 셰익스피어의 어느 캐릭터는 영혼을 연주하는 것이 피리를 연주하는 것처럼 쉬울 수 있는지 의문을 제기하고는⁴ 피리를 내던지고 영혼을 떠나버립니다. 어쨌거나 여기엔 유사점이 있는 듯하군요. 피리에서 극도로 깊은 소리를 얻기 위해서는 악기의 모든 구멍, 즉 세상을 향해 난 모든 창을 단단히 막아야 할 것입니다. 영혼에서 심연을 끄집어내기 위해서도 하나씩 차례차례 모든 창문을, 세상을 향해 열린 모든 출구를 닫아야 하는 것입니다. 내 희곡은 바로 이것을 시도하고 있는 것이고요. 햄릿이 선택한 용어를 따르자면, 이렇게 말해야겠습니다. 내 ‹병력›은 막이 그렇게 많은 것이 아니라 '관점'이 그렇게 많다고 말입니다.

　　자, 이제 캐릭터를 빚는 얘기를 해 보죠.『햄릿』에도 오랫동안 나를 흥미롭게 한 이중 캐릭터가 있습니다. 완전히 분리되지 않은 두 개의, 생물학자식으로 말하자면, 딸세포로 분열된 세포를 연상시키지요. 나는 지금 길든스턴과 로젠크랜츠에 대해 이야기하는 겁니다. 그들은 본질상 공책 두 개에 그려진 하나의 역할이기에 서로가 서로에게 따로 떨어진 채론 상상할 수 없는 존재들이지요. 300년 전쯤 시작된 핵분열 과정을 나는 더 밀어붙여보려 합니다. 극적 효과를 위해 햄릿의 피리를 절반으로 쪼개는 한 지방 비극 작가

⁴　　『햄릿』3막 2장에서 햄릿이 길든스턴에게 하는 말. "자넨 날 연주하려고 하네. 내 소리 구멍을 알아내려 하는 듯 보이지. 내 비밀의 핵심을 파헤치려 하고 말이야. 나를 가장 낮은 음에서 최고 음역까지 울려보고 싶은 거야. 여기 있는 이 작은 악기 속엔 많은 음악이, 빼어난 소리가 들어 있네. 하지만 자넨 이걸 노래 부르게 하지 못하지. 빌어먹을, 자넨 나를 피리보다 더 쉽게 연주할 수 있다고 생각하나?"

를 모방해 나도, 말하자면 길든스턴을 선택해 이 반쪽 존재를 다시 둘로 쪼개보겠습니다. 길든과 스턴이라는 두 캐릭터로 말이죠. 오필리아라는 이름, 또 그에 관련된 의미도 나는 비극의 관점에서는 펠리아로, 희극의 관점에서는 펠랴로 나누어 취하겠습니다. 이해하시겠습니까. 땋은 머리 위로 쓰라린 후회의 화환을 두는 것도, 곱슬머리를 만드는 종이를 올려두는 것도 다 둘로 나눌 수 있는 겁니다.

자, 게임을 시작해봅시다. 극의 첫번째 관점은 조각난 네 장면으로 구성됩니다. 마치 체스판을 보지 않고 수를 두는 체스 선수처럼, 상상의 무대 쪽으로 그들을 움직이고 나는 뒤이어 따라가는데……"

라르는 잠시 말을 끊었다. 거의 속이 비칠 듯 희고 긴 그의 손가락이, 재료의 끈적임을 시험하듯, 공기 속에서 무언가를 살피고 있었다.

"이른바, 무대가 설치되었고…… 음, 한마디로……"

젊은 배우 스턴은 자신의 역할에 홀로 완전히 갇혀 있다. 그가 취할 역할은 독백 없이도 짐작할 수 있다. 팔걸이의자 등받이에는 검은 망토가 걸쳐져 있고, 책더미와 엘시노어 왕자의 초상화들 사이에 놓인 테이블에는 부러진 깃털이 달린 검은 베레모가 있다. 또 더블릿†과 바지 멜빵도. 수염이 덥수룩하고 얼굴에 불면의 흔적이 역력한 스턴이 검 끝으로 창문에 드리운 커튼을 툭툭

---

† 14~17세기에 남성들이 입던 상의로 길이가 짧고 몸에 꼭 끼는 것이 특징이다.

친다.

스턴: 쥐새끼다.

문을 두드린다. 눈으로는 자기 검 끝에 시달리는 커튼에 계속 집중하면서, 왼손으로 문의 빗장을 벗긴다. 문간에 펠랴가 있다. 우리는 그녀를 본다. 뺨에 보조개가 있는 사랑스러운 얼굴, 극에서 늘 두 사람의 사랑을 받는 존재, 그러나 심리적으로 그녀에게 요구되는 것은 단 하나, 둘 중 하나를 선택하는 것. 스턴은 들어온 이를 보지 못하고 다시 자기 일에 골몰한다.

스턴: 쥐새끼야!

펠랴는 겁에 질려 치마를 걷어올린다. 대화.

스턴: (펠랴의 비명에 돌아보지 않고서)
         비명은 헛되니 침묵하시오. 손을 쥐어를 것
         없소. 보시오. 내 그대의 심장을 비틀 것이오.

그는 커튼을 홱 잡아챈다. 창턱에 폴로니우스 대신 석유 버너와 빈 병 두 개가 서 있다.‡

$\ddagger$ 작품이 쓰인 1920년대 소련 생활상을 드러내는 소품들.

누더기와 기운 헝겊조각의 왕,

온 생을 끊임없이 떠들어댄 어리석은 이.

가십시다. 당신이 이제 끝내야 하지 않겠소.

문 앞에서 펠랴와 부딪힌다.

펠랴:　　　어디 가요? 겉옷도 없이 밖에 나가려고요?

　　　　　정신 차려요!

스턴:　　　당신인가? 오, 펠랴, 나는…… 당신이 안다면

　　　　　……

펠랴:　　　내 역할은 다 외워서 잘 알고 있다고요. 반

　　　　　면에 당신은…… 바보 멍청이로군요. 운율에

　　　　　맞춰 시나 읊조리는 건 그만두어요. 우리가

　　　　　지금 무대 위에 있는 것도 아니고.

스턴:　　　확신하나?

펠랴:　　　제발 나를 말릴 생각일랑 말아요. 여기 관객

　　　　　이 있다면, 이렇게 안 해요. (발끝으로 서서

　　　　　그에게 입맞춘다) 자, 이제 정신이 좀 들어

　　　　　요?

스턴:　　　오, 달링.

펠랴:　　　마침내. 역할에서 벗어난 첫마디로군요.

"그리고 나는 여기서 사랑의 손풍금 연주를 멈춥니다. 여러분은 지금 펠리아가 길든보다는 스턴에 더 끌리고 있다는 사실을 알아야 합니다. 길든은 그의 경쟁자이자 대역이지요. 펠리아는 스턴이 역할을 쟁취하기를 바라고 있습니다. 어쨌든 대화가 진행될수록 나는 확신하게 됩니다. 이야기의 전개는 어떤 체스 말을 다른 체스 말에게, 스턴을 펠랴에게 가까이 움직입니다. 여기서 지문(地文). 괄호 열고 입맞춤, 괄호 닫고 마침표. 이번에는 스턴에게도 키스를, 단 역할을 통해서가 아니라 실제 상황에서. 잘 보십시오. 이제 시선을 약간 왼쪽으로 돌리십시오."

반쯤 열려 있던 문이 벌컥 열린다. 문간에 길든이 서 있다.

길든: (어쩐지 짓궂게 미소 지으며) 관객이 필요하진 않을 것 같군. 나는 사라져주겠소.

그러나 연인들은 당연히 길든을 가지 못하게 붙든다. 잠시 당혹스러운 침묵이 흐른다.

길든: (사방으로 흩어진 책들을 훑어보며) 내가 보기에 역할은 그렇게 고분고분하지 않소. (펠랴 쪽을 바라본다) '셰익스피어' 같지

는 않지. 하, '셰익스피어에 대해'란 말이지. 음, 또 셰익스피어로군. 글쎄, 한번은 전차에서 어떤 얼간이가 주머니에서 비쭉 튀어나온 대본을 보았는지 내가 맡은 역할을 알아채고는 나를 기분 좋게 한답시고 묻는 거지. "셰익스피어는 존재한 적 없는 인물이라고들 하는데 그가 남겼다는 희곡이 얼마나 많은지 봐요. 이제 셰익스피어가 존재했다고 한다면, 아마 이 희곡들도 응당……" 그러면서 그토록 멍청하게 호기심 어린 눈으로 나를 바라보더라니까.

펠랴가 웃는다. 스턴은 여전히 진지하다.

스턴: 얼간이가 틀림없군, 얼간이야. 그나저나 그에게 뭐라고 답했나?
길든: 아무것도. 전차가 멈췄고. 나는 내려야만 했으니까.
스턴: 그거 아나, 길든? 얼마 전까지만 해도 당신이 하는 그런 말도 안 되는 소리를 나는 그저 우습다고만 여겼다고. 그러나 벌써 3주째 비존재 속에서 존재하기 위해, 또, 음, 어떻게 말해야 좋을까, 자기 삶이 없다고 말

하는 사람의 역할로 살기 위해 고군분투하다보니, 이제는 이 모든 '존재함'과 '존재하지 않음'을 신중히 다루게 되었지. 그 둘 사이에는 오직 하나의 '아니면'이 있을 뿐이네. 모두에게는 선택권이 주어져 있어. 어떤 이들은 이미 선택했고. 한쪽은 존재를 위해 싸우고 다른 쪽은 비존재를 위해 싸우지. 각광(脚光) 라인은 세관 라인과 같아서, 빛의 저편에 발을 들여놓거나 체류할 권리를 얻으려면 특정 세금을 지급해야 하는 것이고.

길든: 모르겠군.

스턴: 아, 그렇지만 아는 게 다가 아니야. 결정해야만 하지.

펠리아: 그럼 당신은?

스턴: 그렇소, 나는 결정했다오.

길든: 참으로 괴짜로군. 타이머한테 이 이야기를 하면 얼마나 웃을까. 비록 우리 후원자 타이머가 지금 썩 기분 좋은 상태는 아닌 것 같지만 말이지. 어제, 당신이 또 리허설에 나오지 않아서, 타이머가 불같이 화냈었다고. 그래서 내가 당신한테 온 것이고. 오늘도 리허설에 (당신 말마따나) '존재하지 않으면', 타이머가 가만히 있지 않을 거라고 경고하

31

려고.

스턴: 알고 있네. 그러라고 해. 나에겐 아무것도, 이해하겠나, 아무것도, 더 정확히 말하자면, 당신들 리허설에 데려갈 사람이 아무도 없으니까. 내게 역할이 오기 전까지는, 바로 여기서 지금 자네를 보듯 그렇게 그 역할을 보기 전까지는 당신들 모인 곳에서 내 할일은 없는 거라고.

펠리아는 애원하듯 스턴을 본다. 그러나 자신에게 빠진 그는 보지도 듣지도 않는다.

길느: 하지만 외부 점검은 반드시 있어야 하네. 먼저, 감독의 두 눈으로, 그다음엔 관객의……

스턴: 허튼소리. 관객들은…… 그래, 만약 옷 보관소에 걸린 관객들의 외투를 고리에서 거두어서 좌석에 올려두고 대신 관객들을 옷 보관소 고리에 걸면…… 예술은 이런 고통에서 벗어날 수 있을 것이네. 감독에 대해서라면, 감독의 눈…… 자네 지금 그렇게 말했나? 나 같으면 싹 도려내어 극장 밖으로 던져버리겠네. 지옥에나 가라지! 배우는 자기가 맡은 캐릭터의 눈이 필요할 뿐이네. 그거면 되

네. 만일 지금 당장 햄릿이 여기로 걸어들어
온다면, 눈과 눈을 똑바로 마주치며 내게
말할 것이네. 아시겠나? 친구들이여, 그러니
화내지 마시게, 나는 일해야 하니. 조만간
나는 그를 소환할 것이고, 그때는…… 다들
그만 나가주시게.

길든: 펠랴, 저 작자가 지금 진짜 왕자 같은 말투
로 우리에게 얘기하고 있군요. 여기 혼자 있
으라 하죠, 갑시다. 게다가 15분 뒤면 리허
설 시작해요.

펠리아: 스턴, 내 사랑, 우리랑 같이 가요.

스턴: 내버려둬요. 부탁이오. 그리고 나에게도……
막 시작되려고 한다오.

"스턴은 혼자 남습니다. 얼마간 그는 꼼짝도 하지 않고
앉아 있어요. 지금 나처럼 말이죠. 그런 다음," 라르는 서가
의 그늘진 공허를 향해 급하게 손을 뻗었다. 듣고 있던 사람
들의 눈도 그쪽으로 방향을 바꾸었다. "그런 다음, 그는 가
장 먼저 손에 잡히는 대로 책을 집어듭니다. 그의 독백을 요
약해보겠습니다."

스턴: 자, 이제 해보자고. 2막 2장. "그와 다시 얘
기하겠소." (나에게) "왕자여, 무엇을 읽고

계십니까?" "단어들, 단어들, 단어들." 오, 내가 알았더라면, 그 책에 어떤 단어들이 있는지! 또 내가 알았더라면, 그 의미들의 매듭을! "뭐라고들 합니까?" "누구 얘기인가?"

그때—당신들은 그를 알아보겠나?—방안으로 짙어지는 어둠 속에서 그 '역할'이 소리 없이 거기, 문가에 나타난다. 그는 싸구려 거울에 비치는 반영처럼 뿌연 안개 속에서 배우가 하는 대로 따라 한다. 등을 문에 기대고 앉아 있던 스턴은 '역할'이 그의 뒤로 다가와 어깨를 만지기 전까지 '역할'을 알아채지 못한다.

역할: 들어보시오, 당신은 내가 지난 320년 동안 습관적으로 정독한 그 책에 있는 단어들이 알고 싶은 것이오? 물론, 이 단어들을 공짜로 주는 건 아니고 빌려줄 수는 있소만.

검은 유령은 스턴 맞은편에 비어 있던 팔걸이의자로 벌써 소리 없이 내려앉았다. 잠시 배우와 그 역할은 집중해서 응시한다.
서로를.

스턴: 아니요. 그게 아닙니다. 나는 내 햄릿을 다르게 그리고 있소. 용서하시오, 당신은 시들시들하고 빛이 바랬소. 내가 원한 건 그런 게 아니오.

역할: (무기력하게) 그렇다고 해도, 결국 당신은 지금의 내 모습 그대로를 연기하게 될 것이오.

스턴: (자기 대역을 고통스럽게 살피며) 하지만 나는 원하지 않소. 아시겠소? 당신 같기를 원치 않는단 말이오.

역할: 아마 나도 원치 않을 거요, 당신같이 되는 것은. 그리고 마지막으로 말해두오만, 나는 단지 예의 바를 뿐이라오. 누군가 부르면 나는 오는 거요. 오면서 나도 묻소. 왜지?

라르의 손가락들이 허공을 샅샅이 훑었다. 마치 보이지 않는 마지막 대사가 그의 주위를 맴도는 것처럼. 손가락들은 무언가를 이미 붙잡은 듯하다가는 갑자기 손에서 놓아버렸다. 라르는 파닥거리는 단어를 세심하게 응시했다.

"구상가 여러분, 나는 여기서 이제 피리의 첫번째 소리 구멍을 닫으려고 합니다. 스턴은 바로 이 '왜'를 강타해야 합니다. 배우로서, 다시 말해 다른 사람의 말을 전문적으로 말하는 사람으로서, 그는 반영의 대상인 자기 자신을 설명할 자기 말을 찾지 못합니다.

여기서 모든 게 다분히 단순해지지 않습니까? 모든 삼차원적 존재는 외부와 내부에 자신을 반영하면서 자신을 두 배로 이중화합니다. 두 반영 모두 믿을 만한 것이 못 됩니다. 보통 유리 거울이 돌려주는 차갑고 납작한 모습은 너무나 단순화되어 있고 삼차원에 못 미치기 때문에 믿을 만하지 않습니다. 내면으로 내동댕이쳐지고, 중추신경을 따라 뇌로 흐르고, 복잡한 자기 인식이 켜켜이 쌓인 다른 반영도 삼차원을 넘어서기 때문에 역시 믿을 만하지 않죠.

그래서 가엾은 우리의 스턴은 자기 내면의 자아를 객관화하고 영혼의 밑바닥에서부터 주변부로 그것을 끌어올려 연기로 이를 유인한 후 역할로 불러내려고 했던 겁니다. 그러나 그 부름에 응답한 것은 다른 반영이었습니다. 표면 아래 숨어 외부로 반사되는 죽은 유리 같은 반영이었습니다. 스턴이 원한 것은 그런 게 아니었습니다. 그는 주제넘은 유령을 거부함으로써 그가 자신 밖에 객관적으로 존재한다는 점을 강조합니다. 지금 말하는 이런 일은 연극 밖에서도 일어나는데, 전에도 있었고 앞으로도 있을 것입니다. 에르네스토 로시†의 경우를 예로 들어볼까요? 회고록에서 그는 엘시노어의 폐허를 방문했던 경험을 이야기합니다. 대략 이렇습니다. 성에서 약간 떨어진 곳에서 로시는 마차를 세우고 폐허를 향해 걸어갑니다. 짙어가는 황혼 속에서 그는 한 걸음 한 걸음 착실하게 성으로 다가가지요. 덴마크 왕자에 대한

† 에르네스토 로시(Ernesto Rossi, 1827~1896). 19세기 이탈리아 출신의 셰익스피어 연극 전문 배우. 런던, 비엔나, 리스본, 모스크바 등 유럽 전역뿐 아니라 남미에서도 공연했다.

불멸의 이야기가 그를 사로잡습니다. 그는 다리의 검은 실루엣을 향해 걸어가면서, 처음에는 혼잣말로 다음에는 점점 더 큰 소리로, 『햄릿』1막에서 햄릿이 아버지의 유령에게 내뱉는 호소를 암송하기 시작했습니다. 그렇게 익숙한 역할에 점차 몰입해 유령의 대사 암송하기를 마치고 늘 하던 대로 고개를 들었을 때, 에르네스토 로시는 무엇을 보았을까요? 성문에서 나온 유령이 소리 없이 가까워지면서 해자를 건너 버려진 다리 쪽으로 오고 있었습니다. 마지막 대사가 떨어지기 무섭게 때맞추어 나타난 것입니다. 로시는 계속해서 이렇게 전합니다. 마차 쪽으로 돌아선 그는 급히 달려가 마부를 찾았고 온 힘을 다해 말을 몰도록 명령했습니다. 그렇게 배우는 도망쳐버렸습니다. 이 경우에는 그에게 왔던 역할로부터 말이지요. 하지만 그는 거기 머물렀어야 하는 것 아닐까요? 한 세계에서 다른 세계로 인도하는 다리 옆에 말입니다. 그러니 스턴도 머물러야 합니다. 이를 위해 필요한 것은 재능이 아니라 의지입니다. 그거면 충분하죠. 어쨌거나, 이젠 연극으로 다시 돌아가봅시다. 우리 캐릭터는 오랫동안 우리를 기다리고 있는데, 나는 그를 너무 오래 멈춰두었군요. 그래서……"

스턴:　　　그러니까 다들 나를 그렇게 본다는 거군요?
　　　　　　당신처럼?
역할:　　　그렇소.

스턴: (생각에 잠겨) 그러면, 다른 질문이 있습니다. 당신은 어디서 왔죠? 아니, 당신이 어디에서 왔건 당신은 떠나야 합니다. 나는 역할을 거절합니다.

역할: (일어나며) 좋으실 대로.

스턴: (뒤따라가며) 잠깐. 누군가 당신을 볼까봐 두렵군요. 나 말고 다른 누군가는 보지 않았으면 합니다만…… 이해하겠지요?

역할: 나를 다른 공간에 보내버리려 너무 서두를 것 없소. 사실, 나를 보는 것은, 말하자면, 선택할 수 있는 문제요. 우리는 존재하지만 어디까지나 조건부라는 겁니다. 원하는 사람은 보겠지만, 조금도 보고 싶지 않은 자는…… 억지로 현실이 되는 것, 이것처럼 폭력이자 악취미가 또 어디 있겠소. 만일 당신네 땅에서 아직도 이것을 깨우치지 못했다면, 그것은……

스턴: 잠깐, 잠깐만요. 나는 다른 역할을 찾고 싶은 것뿐이오만.

역할: 모르겠소. 아마도 그들이 여행증명서를 혼동했을지도 모르지요. 한 세계에서 다른 세계로 이동할 때 이런 일이 일어납니다. 요즘 햄릿들에 대한 수요가 엄청납니다. 햄릿의

땅인 햄릿부르그는 거의 텅 비었지요.

스턴: 도통 알아들을 수가 없는 말을 하는구려.

역할: 매우 간단합니다. 당신은 아카이브에 요청
        했는데, 그들은 워크숍에서 보낸 격이란 말
        입니다.

스턴: 하지만 그렇다면 어떻게…… 이 문제를 풀
        수 있겠소?

역할: 그 또한 간단합니다. 내가 당신을 햄릿부르
        그로 안내할 테니, 거기서 당신에게 필요한
        이를 직접 찾으면 될 것 아니오.

스턴: (당황스러워하며) 그게 어딘데요? 어떻게
        가는 겁니까?

역할: 어디냐고요? 역할의 나라예요. 그런 데가
        있어요. 어떻게 가는지는 말해줄 수도, 보여
        줄 수도 없습니다. 내 생각에, 관객들도 용
        서할 겁니다, 우리가 지금 이렇게 막을 내린
        다 해도.

라르가 차분하게 우리 모두를 둘러보았다.

"역할의 말은 본질상 옳습니다. 여러분이 허락한다면,
막을 내리겠습니다. 이제 다음, 두번째 관점입니다. 멀리 쭉
뻗어나가는 이런 전망을 한번 그려보십시오. 시야에서 멀어
질수록 내부 벽들이 점점 좁아지고 위로는 고딕 아치의 견고

한 골격이 뾰족하게 솟아 있습니다. 이 기상천외한 터널 내부는 천정부터 바닥까지 네모난 색종이로 뒤덮여 있습니다. 거기엔 여러 가지 글꼴을 입고 다양한 언어로 쓴 오직 한 단어만이 있습니다. 그 한 단어는 햄릿, 햄릿, 햄릿이지요. 저 깊은 곳으로 달아나는 다국어 포스터 속 글자들 아래로 팔걸이의자가 두 줄로 줄지어 멀어져갑니다. 팔걸이의자들 위에는 검은 망토를 두른 햄릿들이 앉아 있습니다. 그들은 모두 손에 책을 들었습니다. 이 햄릿들은 하나같이 펼쳐진 페이지 위로 몸을 구부렸고 창백한 얼굴로 매우 집중해 있으며 대사에서 눈을 떼지 않습니다. 여기저기서 책장 넘기는 소리가 바스락거리고, 조용하지만 끊임없이 들려오는 소리가 있습니다.

　—단어들, 단어들, 단어들.

　—단어들…… 단어들.

　—단어들.

　유령들을 살펴보는 일에 나는 다시 한번 구상가 여러분을 초대하겠습니다. 슬픔에 잠긴 왕자들의 검은 베레모들 아래서, 여러분은 햄릿의 문제와 온 세상을 가로질러 창도 없이 구불구불 이어진 그 길고 좁은 복도를 여러분에게 소개한 사람들을 보게 될 것입니다. 예를 들면, 나는 지금 분명히 알아볼 수 있습니다. 왼쪽에서 세번째 팔걸이의자에 자기에게만 보이는 텍스트 위로 눈살을 찌푸리는 살비니† 햄릿

---

† 　토마소 살비니(Tommaso Salvini, 1829~1915). 뛰어난 셰익스피어 연기로 이름난 이탈리아 비극 배우. 러시아에서 이탈리아어로 공연했다. 특히 오셀로 연기가 압권이어서 러시아의 전설적인 연극 이론가이자 연출가인 스타니슬랍스키가 『나의 예술인생』에서 이를 언급하기도 했다.

의 날카로운 옆모습이 보입니다.

오른쪽으로 좀더 가서, 검고 두꺼운 옷감 주름 아래 드러나는 연약한 윤곽선은 사라 베르나르‡와 유사합니다. 청동 걸쇠가 풀려 있는 무거운 폴리오$^\prime$를 들기에 그녀의 가늘고 약한 손가락은 상당히 힘겨워 보이지만 그녀는 두 눈으로 책 속에 숨겨진 상징과 의미를 끈질기게 포착하고 있습니다. 그 근처 붉게 얼룩진 포스터 아래에는 초조함에 미간을 찌푸린 로시의 얼굴이 보이는군요. 축 늘어진 뺨은 손바닥에, 팔꿈치는 조각 장식이 있는 의자 팔걸이에 기대고 있습니다. 무릎 근육이 긴장되어 있고 관자놀이에서 동맥이 뛰고 있습니다. 계속해서 안쪽으로 깊숙이 더 들어가봅시다. 부드럽게 묘사된 캠블*의 여성스러운 얼굴과 킨※의 날카로운 광대뼈와 꽉 다문 입, 또 저 멀리 시야의 끝에서 머리를 뒤로 젖히고 입술에 자신만만한 미소를 머금은 채 눈을 반쯤 감고서 섬광과 그림자의 떨림 속에 나타나는가 싶다가 이

---

‡ 사라 베르나르(Sarah Bernhardt, 1844~1923). 프랑스의 배우. 베르나르가 맡았던 배역 가운데 가장 인기가 있었던 역할은 여성 햄릿이다. 공연 시간이 네 시간에 이르는 장대한 연극이었다. 매우 극적인 연기를 펼쳐 '여신 사라'라는 별명으로 불렸다.

ϟ 전지(全紙)를 두 번 접어 네 페이지로 만든 인쇄물. 가장 큰 판형의 책이다.

* 존 필립 켐블(John Philip Kemble, 1757~1823). 영국의 배우. 햄릿을 시작으로 여러 비극의 배역을 맡아 명성을 누렸고 극장 경영에 참여해 무대 예술 개혁에도 공헌했다.

※ 에드먼드 킨(Edmund Kean, 1789~1833). 영국의 셰익스피어 전문 배우. 런던, 뉴욕, 퀘벡, 파리 등지에서 공연했다. 특히 1814년 런던에서 상연된 〈햄릿〉으로 대중과 평단으로부터 폭발적인 반응을 받았다.

내 사라져가는 리처드 버비지[†]의 아이러니한 가면이 있습니다. 여기서는 썩 잘 보이지 않습니다만…… 제법 멀어서 말이죠…… 그가 책을 덮은 것 같군요. 이미 다 읽은 듯한 책이 덮인 채로 그의 무릎에 미동 없이 놓여 있습니다. 시선을 뒤로 되돌려보겠습니다. 어떤 얼굴들은 그늘졌고, 어떤 얼굴들은 나를 외면했습니다. 자, 이쯤 해두고, 이제 연극의 해당 장으로 돌아가보겠습니다."

깊숙이 박힌 문이 마치 커튼처럼 위로 들어올려지면서 거친 빛과 함께 두 인물을 내뱉는다. 치체로네[‡]격으로 역할이 앞서 활보하고 그 뒤로 주위를 둘러보는 스턴이 따라간다. 그는 다리에 검은 호스[♪]를 신었고, 신발 끈은 풀려 이쪽저쪽으로 흔들리는 가운데 어깨 위로 폭이 좁은 더블릿 재킷을 황급히 걸친다. 천천히, 한 발 한 발, 그들은 책에 파묻혀 있는 햄릿들 사이를 통과한다.

역할:　　　당신은 운이 좋군. 마침 당신에게 딱 맞는 장면이라오. 선택하시오. 셰익스피어의 시대부터 지금까지 중에.

[†]　　리처드 버비지(Richard Burbage, 1567~1619). 영국의 연극배우로 햄릿, 리어왕, 오셀로, 맥베스, 로미오 등을 최초로 연기했다. 배우일 뿐만 아니라, 셰익스피어가 파트너로 참여했던 글로브극장 소유주이기도 했다.

[‡]　　치체로네(cicerone). 방문객을 박물관, 갤러리 등으로 안내하고 고고학, 역사 또는 예술을 풀어 설명하는 가이드의 옛 용어.

[♪]　　과거 유럽에서 남성들이 입었던 바지. 스타킹처럼 몸에 딱 달라붙는다. 일반적으로 더블릿이라고 하는 짧은 재킷과 함께 입는다.

스턴: (몇몇 빈 의자들을 가리키며) 그런데 여긴
         왜 비어 있는 거요?

역할: 보다시피, 이건 미래에 출연할 햄릿들을 위
         한 것이오. 당신이 나를 연기하면 내게도 자
         리가 생길 것이오. 여기 아니라 저기 구석 옆
         등받이 없는 의자 어디라도. 그런데 우리는
         지금 한 세계에서 다른 세계로 이렇게나 멀
         리 끝까지 와버린 거요. 자, 그러니 어떻소?
         이젠 성취의 나라를 떠나 구상의 나라로 가
         십시다. 거기엔 자리가 얼마든지 있소.

스턴: 아니오. 나는 여기서 찾아야 하오. 이건 무
         엇이오?

아치형 천장 위로, 저 높은 곳에서, 요란한 마찰음이 울
려퍼지다가 잦아든다.

역할: 저건 박수갈채지요. 때때로 여기로도 날아
         듭니다. 철새처럼 이 세계에서 저 세계로요.
         하지만 나는 더이상 여기 있을 수 없소. 구
         상의 세계에서 나를 그리워들 할 겁니다. 나
         와 함께 갑시다. 어서.

스턴은 부정적으로 고개를 흔든다. 그의 안내자는 떠

난다. 그는 혼자다, 단어들 가운데, 단어들 안에. 거지가 가게 진열장 유리를 통해 보듯, 그는 탐욕스럽게 줄지어 선 역할들을 들여다본다. 그는 한발 또 한발 발걸음을 뗀다. 망설인다. 그의 두 눈도 어둑어둑함 속에서 천천히 자기 길을 가다가 마침내 깊은 곳에서 꼼짝하지 않고 있는 리처드 버비지의 위대한 형상을 구별해내기 시작한다.

스턴:　　　바로 이거다.

그러나 그때, 한참 동안 책을 옆으로 치워놓고 새로 온 사람을 관찰하던 또다른 햄릿이 자리에서 일어나더니 갑자기 길을 가로막는다. 스턴은 놀라서 얼른 물러섰지만, 역할이 오히려 무척 당황했고 크게 겁먹었다. 역할이 어둑한 곳에서 빛 가운데로 걸어나오자, 남의 어깨에서 빌려온 듯 몸에 맞지 않게 재단된 그의 망토에 있는 구멍과 기운 자국이 드러난다. 서투르게 면도한 역할의 얼굴에는 환심을 사려는 미소가 어려 있다.

역할:　　　당신 거기서 왔소?

스턴이 긍정의 표시로 끄덕인다.

44

그렇게 보이는군요. 질문을 해봐도 될까요? 왜 다들 나를 더이상 연기하지 않는 겁니까? 뭔가 들은 적 있나요? 물론, 비극 배우 잠투티르스키†가 상습적인 술꾼에 비열한이라는 건 다들 알죠. 하지만 그러면 안 되는 거 아닙니까? 무엇보다 그는 나를 충분히 습득하지 못했습니다. 상상해보십시오. 충분히 습득되지 못했다는 것이 얼마나 기분 좋은 일인지 말이죠. 당신이 아닌, 당신이 아닌 게 아닌. 이 비존재의 존재 때문에 우리는 3막에서 만약 프롬프터가 없었다면 너무도 혼란스러워서…… 그래서 그 이후로 다시는 조명 아래 서지 못했습니다. 단 한 번의 요청도 없었어요. 존재로 나아가지 못했다 이 말입니다. 잠투티르스키에 무슨 일이 일어났는지 제발 제게 자비를 베풀어서 좀 말씀해주세요. 주정뱅이로 주저앉은 겁니까? 아니면 캐릭터를 바꾼 건가요? 부탁드립니다. 돌아가시거든 그에게 좀 알려주십시오. 그러면 안 된다고요. 나를 창조했으니 나를 연기해야 한다고요. 그렇지 않으면……

---

† 잠투티르스키(Замтутырский)는 가상의 인물이다. 러시아어 작명 규칙에 따라 그럴듯하게 들리도록 지어진 이름이지만 동시에 의도적으로 어설프게 조합되었다. 러시아어에서 잠(зам)은 대리인이나 조직의 차석을 가리키는 말, 투트(тут)는 여기를 가리키는 말이다.

스턴은 패러디를 옆으로 제치면서 앞으로 가려고 했으
나, 그는 포기하지 않는다.

역할: 제 쪽에서 뭐든 할 수 있는 게 있다면……
스턴: 나는 3막의 책을 찾고 있소.† 그 의미를 찾
          아서 온 것이오.
역할: 왜 진작 그렇게 말하지 않았습니까? 여기
          요. 단, 돌려주는 것만 잊지 말고요. 잠투티
          르스키도 당신처럼 이 책에 있는 모든 연기
          를 구축했습니다. 그는 나를 쥐뿔도 몰랐
          죠. 그러고는 무대를 거닐었습니다, 책에 빠
          져서. 이렇게 말하죠. "햄릿은 3막에서 책을
          볼 수 있는데 2막이나 5막에서는 왜 안 될
          까요? 그는 시간이 없어서 복수하지 않는
          겁니다. 그는 책을 좋아하고, 박식하고 바
          쁘고, 지적이니 읽고 또 읽습니다. 책에서 자
          신을 도저히 떼어낼 수가 없는 겁니다. 그는
          누구를 죽이기에는 너무 바쁩니다." 그래도
          궁금하거든 보시구려. 폴레보이‡가 번역한
          파블렌코프⁺ 판본이오.

†   그가 찾은 것은 3막이 아니라 2막이다. 잘못 말한 것. 그러나
잠투티르스키의 햄릿은 이를 눈치채지 못하고 있다.
‡   니콜라이 폴레보이(Николай Алексеевич Полевой, 1796~
1846). 러시아의 극작가, 문학비평가, 번역가. 그의 셰익스피어 번역
은 오랫동안 정본으로 러시아에서 널리 읽혔고 러시아 무대에서 셰
익스피어극이 굳건히 자리잡게 했다.

스턴은 그에게 달라붙어 있는 잠투티르스키의 역할을 밀어내고 저 깊이 내다보이는 버비지의 당당한 윤곽 쪽으로 방향을 돌린다. 그는 감히 말을 꺼내지 못하고 서 있다. 버비지는 처음엔 알아차리지 못하다가 이윽고 눈꺼풀을 천천히 들어올린다.

버비지: 그늘을 드리우는 존재가 왜 여기 있는가?

스턴: 당신이 그를 그늘로 맞이할 수 있도록.

버비지: 무슨 말을 하고 싶으신 건가, 신참 양반?

스턴: 그럼 나는 자기 그림자를 질투하는 자가 되는 거로군요. 그림자는 축소될 수도, 확대될 수도 있으나 나는 늘 나 자신과 동등하고, 같은 크기와 같은 시간, 같은 생각을 지닌 같은 사람입니다. 나는 햇빛이 더이상 필요하지 않게 된 지 오래고, 각광이 비추는 빛이면 충분했지요. 그리고 평생 역할의 나라를 찾아 헤맸으나 그곳은 나를 받아들이려 하지 않았습니다. 나는 구상가일 뿐, 아무것도 완성할 수가 없습니다. 당신 책 걸쇠 아래 숨겨진 글자들, 그 위대한 이미지는 내게 영원히 읽히지 않은 채로 남을 것입니다.

ϟ   플로렌티 파블렌코프(Флорентий Фёдорович Павленков, 1839~1900). 러시아의 편집자, 출판업자, 교육자. 대중 교육 목적으로 '뛰어난 사람들의 삶' 시리즈를 기획, 천문학부터 심리학, 윤리학에 이르기까지 다양한 분야를 다루었다. 이 시리즈는 소크라테스와 알렉산더 대왕으로부터 시작해 레프 톨스토이와 블라디미르 솔로비요프로 끝난다. 물론 셰익스피어도 목록에 포함된다.

버비지: 당신이 알 리 없겠소만, 나는 불 꺼진 각광으로부터 멀리 떨어진 이곳에서 300년간 머물렀소. 모든 생각을 마치기에 시간은 충분했소. 그거 아시오? 여기, 이미 상연된 연극의 세계에서 주연배우가 되는 것보다 거기, 지상에서 엑스트라가 되는 것이 더 낫다오. 귀하나 빈 칼집보다는 무디고 녹슨 칼날이 나은 법이오. 사실, 웅장하게 존재하지 않은 것보다, 어떻게라도 최소한 존재하는 게 더 낫지요. 이제 나는 이 딜레마에 대해 숙고할 생각이 없습니다. 그래도 당신이 진심으로 원한다면……

스턴: 네, 원합니다!

버비지: 그러면 위치를 서로 바꿉시다! 역할을 연기하는 배우를 역할이 연기하지 않을 이유가 있겠소?

그들은 망토를 교환한다. 독서에 파묻힌 햄릿들은, 스턴의 걸음걸이와 행동양식을 순식간에 체화한 버비지가 베레모를 아래로 끌어당겨 얼굴을 감추고 출구를 향해 움직이는 것을 알아차리지 못한다.

스턴: 당신을 기다리겠습니다. (그는 버비지의 빈

자리로 돌아선다. 거기엔 반짝이는 금속 걸
쇠가 달린 책이 있다) 그가 책을 놓고 갔네.
늦었군. 이미 가버렸잖아. (의자 가장자리에
걸터앉아, 그는 호기심에 차서 걸쇠로 갇힌
책을 살펴본다. 사방에서 다시 책장 바스락
거리는 소리와 조용히 "단어들, 단어들, 단어
들" 하는 소리가 들린다) 기다릴 것입니다.

이제 세번째 관점이다. 무대 뒤편. 무대로 나가는 문 옆
낮은 벤치에는 무릎 위에 공책을 올려놓은 펠랴가 앉아
있다. 손으로 귀를 막고 몸을 앞뒤로 흔들면서 그녀는
자신의 역할을 익히고 있다.

펠랴:　　　나는 내 방에서 바느질중이었는데,
　　　　　문득 뛰어들……

길든이 뛰어들어온다.

길든:　　　스턴 없나?
펠랴:　　　여긴 없는데.
길든:　　　그에게 경고한 겁니까? 오늘도 리허설에 나
　　　　　타나지 않으면 그 역할은 내게 올 거요.
버비지:　　(말하고 있는 두 사람의 등뒤로 문가에 나

타나 자신에 대해 이야기한다) 역할은 옮겨
갔소, 사실이요, 그러나 그에게서 옮겨간 것
도, 그것이 당신에게로 간 것도 아니오.

길든이 옆문으로 나간다. 펠랴는 다시 노트 위로 몸을
구부린다.

펠랴: 나는 내 방에서 바느질중이었는데, 문득
        뛰어드네, 햄릿 경이. 그의 망토는 찢겨 있고,
        머리에는 모자가 없고, 더럽혀진 스타킹은
        풀려서 발뒤꿈치까지 내려왔네.
        그는 겨울눈처럼 창백하고 무릎은 굽었네.
        두 눈은 어쩐지 낯설게 빛나니,
        마치 다른 세계에서 온 듯하네,
        그가 지닌 공포를 말하려는 듯.
        그렇게……
버비지: (오필리아의 말을 끝맺으며) 그렇게 그가
        등장했소. 안 그렇소? 무릎이 굽은 채로……
        그렇게…… 먼 거리를 간 거요. 하지만 그에
        대해 이야기하자면 너무 시간이 오래 걸리겠
        소.
펠리아: (놀라서 그를 쳐다보며) 달링, 당신 정말 역
        할에 맞게 잘도 들어왔네요.

버비지: 당신의 달링은 다른 데로 들어갔소만.

펠리아: 그들은 당신에게서 역할을 빼앗고 싶었던 거예요. 내가 어제 편지를 보냈지요. 그걸 받은 거죠?

버비지: 편지가 거기까지 닿지 않을 것 같아 걱정스럽군요. 게다가, 무대를 빼앗긴 배우에게서 어떻게 역할을 빼앗을 수 있습니까?

펠랴: 이상한 말을 하는군요.

버비지: 이상하지요. "그러므로 나그네에게 머물 곳을 내어주시오."

타이머, 길든, 그 밖의 몇몇 배우가 들어와 대화를 방해한다.

"타이머는 감독입니다. 우리는 그에게 외모를 부여하지 않을 생각입니다. 그저 저와 비슷하다고만 해둡시다. 원하신다면 자세히 볼 수는 있을 겁니다." 라르는 청중을 둘러보며 미소 지었다.

나 말고는, 그의 미소에 화답하는 사람이 없는 듯했다. 침묵의 동심원을 공고하게 하며, 구상자들은 이야기를 대하는 자신의 태도를 밖으로 전혀 표현하지 않았다.

"내게 타이머는 실험자이자 대체 방법에 집착하는 완고한 계산자로 보입니다. 수학자가 숫자를 다루는 방식으로,

그는 무대 상연 계획에 따라 투입할 사람을 다룹니다. 이런, 혹은 저런 숫자의 차례가 되면, 그는 그 숫자를 적어넣습니다. 그러다 그 숫자 차례가 지나면 그는 쓸모를 다한 기호 위에 줄을 긋습니다. 이제, 무대에서 그가 스턴으로 착각하는 남자를 보고도 타이머는 놀라지 않고 심지어 화내지도 않습니다."

타이머: 아하. 드디어 오셨군. 역할은 날아갔소. 너무 늦은 거지. 햄릿은 길든이 연기하오.

버비지: 틀렸소. 가버린 건 배우이지 역할이 아니오. 언제든 말씀만 하시오.

타이머: 이거 몰라보겠소, 스턴. 당신은 늘 연기를 피하려는 듯 보였소만. 말도 포함해서 말이오. 음, 뭐요. 그럼 역할 하나에 배우가 둘인 건가? 좋소. 주목! 내가 역할을 둘로 가르겠소. 어려운 일 아니지. 어디서 자를지를 가늠하기만 하면 되니까. 햄릿은 본질적으로 '예'가 '아니오'와 벌이는 싸움이지. 그들은 하나의 세포를 두 개의 새로운 세포로 부수는 우리의 중심체가 될 것이오. 자, 한번 해봅시다. 망토를 둘 주시오. 흑과 백으로. (그는 재빨리 노트에 역할을 표시한다. 역할 하나는 흰색 망토와 함께 버비지에게,

다른 역할 하나는 검은 망토와 함께 길든에
게 준다) 3막 1장. 모두 제자리로. 하나, 둘,
셋: 막 올려!

햄릿1:   (흰 망토) 존재할 것인가?

햄릿2:   (검은 망토) 존재하지 않을 것인가?
           그것이 문제구나.

햄릿1:   무엇이 더 나은가……

햄릿2:   무엇이 더 고귀한가……

햄릿1:   가증스러운 운명의 돌팔매와 화살을
           그냥 참아야 하는가? 오, 아니다!

햄릿2:   아니면, 밀물처럼 밀려드는 역경에
           맞서 싸워 이겨야 하는가?

햄릿1:   죽는 것은,

햄릿2:   잠드는 것.

햄릿1:   그뿐이다.

햄릿2:   일단 잠이 들면 마음의 고통과 몸을 괴롭히는
           수천 가지 걱정거리도 그친다고 하지.

햄릿1:   그러나 산 자의 운명은……

햄릿2:   그것이 간절히 바라는 결말이네.

햄릿1:   죽는 것은,

햄릿2:   잠드는 것.

햄릿1:   잠이 들면, 아마 꿈을 꾸겠지. 아, 그것이 문

제로군.

현세의 번뇌를 떨쳐버리고 죽어서 잠이 들면
그 어떤 꿈을 꾸게 될지 몰라 망설일 수밖에
없어.

햄릿2: 이런 생각 때문에
오랜 세월 지긋지긋한 삶에 매달리지.
그게 아니라면 어느 누가 이 세상의 시달림
을 참고 견딜까?
무력한 권리, 폭군의 횡포, 교만한 자의 무
례한 언동,
버림받은 사람의 고통……

햄릿1: 괄시받는 영혼, 관리들의 무례함,
이런 괴로움을 누가 참겠는가?

햄릿2: 스스로 단칼에
끝장낼 수 있다면?
다만 죽음 이후에 겪을 어떤 것에 대한 두려
움,
미지의 나라, 그 어떤 나그네도
돌아오지 못한 곳에 대한 두려움이……

햄릿1: 그건 사실이 아니오, 나는 돌아왔소!

모두 놀라 버비지를 쳐다본다. 중단된 그의 독백은 대
화로 갈라지기 시작한다.

타이머:　그건 역할에서 온 게 아니오.

버비지:　맞소. 역할들의 왕국에서 온 거요. (그는 원래 자기 자세를 취했다. 수의처럼 흰 망토 위로 오만하게 내던져진 분필같이 흰 가면, 감은 눈, 광대의 미소가 서린 입술로!) 300년 전의 일입니다. 윌리엄은 망령 역을, 나는 왕자 역을 맡았소. 아침부터 비가 쏟아져서 극장 좌석이 온통 물웅덩이였는데도 사람들은 넘쳐났소. 1막이 끝나갈 무렵, 내가 "아, 빗장 풀린 세상"이라고 암송했을 때, 군중 호주머니 속에서 몇 펜스를 슬쩍한 소매치기가 붙잡혔소. 나는 물웅덩이를 오가는 발이 꽥꽥거리는 소리와 "도둑—도둑—도둑" 하는 떠나갈 듯한 소리와 함께 그 막을 끝냈지. 그때, 그 가없은 악마는 우리의 관례대로 무대 위로 끌려 올라와 기둥에 묶였소. 2막이 진행될 동안 그 도둑은 당황스러워 보였고 그를 가리키는 손가락들로부터 얼굴을 돌렸다오. 하지만 장면이 진행될수록, 그는 분위기에 익숙해져서는 자기를 거의 공연의 일부로 느끼지 않았겠소? 점점 더 뻔뻔해진 그는, 우리가 그를 기둥에서 풀어 무대 밖으로 내던지는 동안에도 얼굴을 찡그

리며 온갖 의견과 조언을 내놓기 시작했소. (갑자기 타이머 쪽으로 몸을 돌리며) 무엇이, 혹은 누가 당신을 이 연극에 묶어놓았는지 내 모르겠소만, 이 엉터리 글이 나를 위해서 쓰였다는데, 당신이 훔친 서푼짜리 생각 나부랭이들이 나를 더 풍부하게 만들 수 있다고 생각한다면, 당신의 구리 동전이나 챙겨 이 연극에서 꺼지시오!

타이머의 얼굴에 역할을 내던진다. 일대 혼란.

펠리아:　정신 차려요, 스턴!

버비지:　내 이름은 리처드 버비지요. 그리고 나는 당신을 풀어주겠소, 도둑 양반. 역할들의 왕국에서 나가시오!

타이머:　(창백하나 침착하게) 고맙군, 풀려난 손을 사용할 수 있게 되었으니…… 그래, 그를 결박하시오! 보이시오들? 그는 정신이 나갔소.

버비지:　그렇소. 나는 당신들 모두의 지성보다 더 뛰어난 것으로부터 나를 낮추어 당신들에게 왔으나, 당신들은 받아들이지 아니하였소……

"다들 버비지에게 달려들어 그를 결박하려 합니다. 그러자 그는 격렬하게 싸우며 외칩니다. 아시겠습니까, 그들 모두에게 외칩니다…… 바로 여기서, 나는 지금……"

명확하지 않은 말을 중얼거리며 라르는 빠르게 주머니에 손을 뻗었다. 그의 검은 프록코트 아래에서 무언가 바스락거렸다. 그는 갑자기 입을 다물고 눈을 동그랗게 뜨고서 우리를 바라보았다. 다들 목을 초조하게 쭉 뺐다. 의자들을 바싹 끌어당겨 앉았다. 의장 제즈는 자리에서 벌떡 일어서서는 조용히 하라는 제스처를 취했다.

"라르," 그가 날카롭게 말했다. "당신 여기로 글자를 가져온 거요? 우리 몰래? 원고 내놓으시오. 당장."

라르는 망설이는 것 같았다. 잠시 후 침묵 가운데 프록코트 섶 아래서 그의 손이 튀어나왔다. 살짝 떨리는 그의 손가락에 사절로 접힌 공책이 하얗게 보였다. 제즈는 그것을 움켜잡고 기호들 위로 눈을 미끄러뜨렸다. 그는 잉크 자국과의 접촉이 자신을 더럽힐까 두려워 공책 한쪽 구석을 까다롭게 겨우 쥐었다. 그러고서 벽난로 쪽으로 돌아섰다. 불이 거의 다 꺼져가고 있었고, 천천히 보랏빛으로 변하는 석탄 몇 개만 주물 격자 위에서 계속 타오르고 있었다.

"규정 5항에 따라 이 원고는 잉크를 흘리지 않고 사형에 처합니다. 이의 있습니까?"

누구도 움직이지 않았다.

의장은 재빠른 움직임으로 노트를 석탄 위에 던졌다.

마치 살아 있는 듯 고통에 몸부림치는 하얀 종잇장들이 부드럽고 가느다랗게 쉭쉭 소리를 냈다. 나선형 연기가 파랗게 변했다. 그러자 밑에서 불꽃이 치솟았다. 삼 분 후 의장 제즈는 벽난로 집게의 작은 타격으로 얼마 전까지도 극본이었던 바로 그것을 잿더미로 만들어버리고서 집게를 제자리에 내려놓았고 라르를 향해 돌아서서 압박하듯 말했다.

"계속하시오."

라르의 얼굴은 평소 표정으로 즉시 돌아오지 않았다. 그는 자신을 통제하기 위해 사력을 다하는 듯했고 결국 다시 말하기 시작했다.

"내 캐릭터들이 버비지를 대하는 방식으로 당신은 나를 대했습니다. 좋습니다, 그에게도, 내게도 적절하군요. 계속하겠습니다. 말하자면, 내가 읽고자 했던 단어들을 더이상 읽을 수 없기 때문에," 그는 마지막 숯불이 시뻘겋게 타오르며 연기를 뿜는 벽난로 격자를 흘끗 보았다. "해당 장면의 마무리는 생략하겠습니다. 이미 다 아시다시피, 벌어진 일 때문에 겁에 질린 펠랴는 역할과 함께 길든에게 갑니다. 네번째이자 마지막 관점은 우리를 스턴에게 돌아가게 합니다."

역할의 왕국에 남은 스턴은 버비지의 귀환을 기다린다. 시시각각 조바심이 커진다. 저쪽, 지상에서도 아마 공연이 이미 진행되고 있으리라. 천재적인 역할이 그를 위해 자기 자신을 연기하고 있는 바로 그 공연이. 끝이 뾰족한 아치 천장 위로 요란한 박수가 떼로 지나간다.

"내게?"

마음에 동요가 일어, 스턴은 각자 자기 책에 깊이 빠져 있는 주변의 햄릿들에게 눈길을 돌려본다. 질문들이 그를 괴롭힌다. 옆에 있는 이웃에 기대어 그가 묻는다.

"당신은 나를 이해할 것 아닙니까. 당신은 진정 알고 있지 않습니까, 찬사란 무엇인지."

이어진 대답,

"단어들, 단어들, 단어들……"

그가 질문을 던진 대상은 책을 덮고 자리를 떠난다. 스턴은 다른 이에게 돌아선다.

"나는 모두에게 낯섭니다. 하지만 당신이 나를 그 모두가 되도록 가르쳐주십시오."

다른 햄릿도 엄한 표정을 지으며 책을 덮는다.

"단어들…… 단어들."

세번째 햄릿에게 말한다.

"저기 지상에 나는 사랑하는 여인을 남겨두고 떠나왔습니다. 그녀는 종종 나에게 말했지요……"

"단어들."

질문이 있을 때마다 햄릿들은 마치 대답하듯 일어나 책을 덮고 한 사람씩 자리를 떴다.

"하지만 버비지가…… 돌아오고 싶어하지 않는다면? 나는 돌아가는 길을 어떻게 찾을 것인가? 그리고 당신은 왜 나를 떠나는 것인가? 모두 나를 잊었고, 아마 그녀도 잊었을 것이다. 하지만 그녀는 맹세하지 않았던가."

다시 소리가 들린다.

"단어들…… 단어들."

"아닙니다, 단어는 없어요. 단어들은 불탔고…… 내 두 눈으로 똑똑히 봤습니다…… 불 집게에 들려서…… 아시겠어요?"

라르는 손으로 이마를 가렸다.

"용서하십시오, 뒤죽박죽되었네요. 톱니바퀴가 맞물려야 하는데…… 때때로 이런 일들이 생기죠. 건너뛸 수 있게 해주십시오."

그렇게 햄릿의 계보는 스턴을 저버렸다. 화려한 색감의 포스터들이 그를 따라 기어간다. 포스터에 적힌 글자들도 행에서 튀어나와 잽싸게 달아난다. 역할의 왕국에 대한 환상적인 전망은 매 순간 그 모습을 바꾼다. 그러나 스턴의 손에는 버비지가 놓고 간 책이 들려 있었다. 이제는 더 미룰 이유가 없다. 강제로 그 의미를 취하고 그 비밀을 밝힐 때가 왔다. 하지만 책에는 강한 금속 걸쇠가 장착되어 있다. 스턴은 덮개를 떼어내려고 한다. 책은 책장들을 꽉 쥐며 저항한다. 분노에 찬 발작으로 스턴은 손가락에 피를 흘리며 단어의 금고를 부숴 연다. 풀려난 페이지에서 그는 읽는다.

"악투스 모르비. 병력. 환자 번호…… 음…… 조현병. 정상 발달. 발작. 발열. 재발. 망상: '버비지'라는 어떤 사람. 위장 정상. 만성화 과정 진행중. 치료 불가……"

스턴이 위를 본다. 긴 아치형 병원 복도다. 번호 매겨진 문들이 쭉 줄지어 있고 문들의 오른쪽과 왼쪽에 병동 당직자와 방문객을 위한 팔걸이의자들이 있다. 복도 안쪽에 흰 가운을 걸친 경비원이 책에 파묻혀 앉아 있다. 그는 저 멀리 깊숙한 곳에서 문이 열리고 두 사람이 서둘러 들어가는 것을 눈치채지 못한다. 남자와 여자다. 남자가 동행에게 돌아섰다.

"그 사람 상태가 아무리 안 좋다고 해도 내게 화장 지우고 의상 갈아입을 시간은 주었어야지."

경비원이 깜짝 놀라 말소리가 나는 곳을 쳐다본다. 두 사람이 겉옷을 벗으면서 햄릿과 오필리아의 무대 의상이 드러난다.

"그것 봐요, 우리가 이렇게 이목을 끌 줄 알았다니까. 이렇게 서두를 필요가 있소?"

"달링, 그렇지만 우리가 늦기라도 하면 어떡해요? 그가 나를 용서하지 않을 텐데……"

"별나기도 해라."

경비원은 완전히 혼란스럽다. 반면, 스턴은 밝은 얼굴로 손님들을 맞이하기 위해 일어선다.

"마침내 왔군요, 버비지. 그리고 나의 유일한 당신! 오, 내가 당신, 또 당신을 얼마나 기다려왔는지. 감히 당신을 의심하기도 했다오, 버비지. 나는 당신이 내게서 그녀도, 역할도 모두 훔쳤다고 생각했고 당신에게서 당신의 말을 빼앗고 싶었소. 그들은 나를 광인이라 부르며 복수했소. 그러나 그것은 단어들, 역할의 단어들일 뿐이오. 내가 미치광이 역할을 해야 한다면, 좋소, 그렇게 난 연기하겠소. 다만 무대 세팅은 왜 바꾼 것이오? 이건 어떤 다른 연극을 위한 장치인데. 하지만 뭐 괜찮소. 우리는 역할에서 역할로, 연극에서 연극으로, 점점 더 무한한 역할의 왕국으로 깊이 들어갈 테니. 그런데 오필리아, 당신은 왜 화관을 지니고 있지 않소? 미치는 장면을 위해선 당신에게 마조람과 후회가 필요하지 않소? 그것들은 어디 있소?"[†]

"내가 치워버렸어요, 스턴."

"그랬소? 아니면 당신은 이미 익사했으나 자신이 더이상 존재하지 않는다는 것을 알지 못하고 있고 당신의 화환은 지금 갈대와 백합 사이에서 파문을 일으키며 떠 있는데 아무도 그 소리를 듣지 못하는 것인지……"

"여기서 나는 이야기를 멈추겠습니다. 불필요한 과장 없이." 라르는 일어섰다.

[†]　미친 스턴은 장면에 대한 정보를 뒤섞는다. 해당 장면에서 오필리아가 햄릿에게 건네는 것으로 되어 있는 로즈마리 대신에 『리어왕』에서 에드가가 제안한 마조람을 언급한 것. 마조람은 뇌 질환 치료제로 사용되었던 약초다.

"그렇지만 실례 좀 하겠소." 다스의 동그란 안경이 라르를 내려다보았다. "그는 죽습니까, 안 죽습니까? 어떻게 되는 건지 도대체 명확하지 않아서……"

"당신에게 명확하지 않은 건 중요한 게 아니오. 나는 피리의 모든 바람구멍을 다 막았소. 전부. 피리 연주자는 다음에 무슨 일이 일어나는지 묻지 않소. 그가 스스로 알아내야 하지. 모든 요점의 끝에는 나머지가 딸려 나오지. 이 점에서 나는 햄릿의 말에 동의하게 되오: '나머지는 침묵이다.' 막을 내림."

라르는 문으로 가서 열쇠를 왼쪽으로 두 번 돌리고는 허리 굽혀 인사하더니 사라졌다. 구상자들은 말없이 흩어졌다. 집주인은 내 손을 잡고 저녁을 망친 불행한 사건에 대해 사과했고 다음 토요일 모임에 대해 상기시켰다.

거리로 나갔을 때 나는 저 멀리 라르의 뒷모습을 보았다. 그는 곧 옆 골목으로 사라졌다. 나는 내 감정의 매듭을 풀기 위해 교차로에서 교차로로 빠르게 걸었다. 이 저녁은 내 삶에 박힌 검은 쐐기 같았다. 나는 그것을 뽑아내야 했다. 하지만 어떻게?

3

그다음 토요일 해 질 무렵, 나는 다시 문자 살해 클럽을 찾았다. 안으로 들어가니 그들은 벌써 모두 모여 있었다. 내 눈은 라르를 찾기에 바빴다. 그는 으레 앉는 자기 자리에 있었다. 얼굴선이 다소 날카로워 보였고 두 눈은 안쪽으로 푹 꺼져 있었다.

이번엔 열쇠와 단어의 주인이 튜드였다. 그것들을 받아 든 튜드는 갈라진 열쇠 틈에서 주제를 찾기라도 하듯 쇠붙이 곳곳을 세세히 살피더니 차차 단어들에 집중하면서 조심스럽게 하나씩 꺼내어 검사하고 무게를 재기 시작했다. 처음에 천천히 가던 그 단어들은 점점 더 빠르게 속도 내기 시작했고 서로 자리를 차지하려고 앞다투어 달렸다. 이야기꾼의 날카롭고 떨리는 광대뼈에 홍조가 약간 깃들었다. 모인 이들은 얼굴을 이야기꾼 쪽으로 향했다.

'당나귀 축제.'[†] 이것이 제목입니다. 단편소설 형태를 취하고 있다고 볼 수 있겠습니다. 이 주제는 지금으로부터 약 500년 전에서 끌어왔습니다. 장소요? 프랑스 남부 어디 작은 마을이라고 해두죠. 안뜰이 사오십 개쯤 있습니다. 마을 중심에 오래된 교회가 있는데 그 주위를 포도원과 비옥한 들판이 감쌉니다. 알아둘 것: 바로 이 시기, 바로 이런 마을들에서 당나귀 축제를 기념하는 관습이 생겨나 굳게 뿌리내렸다. 다른 말로 페스툼 아시노룸이라고도 하는데, 이 라틴어 명칭은 교회가 부여했다. 이 당나귀 축제가 교회의 허락과 축복을 받아 도시에서 도시로, 마을에서 마을로 퍼져나갔기 때문이다. 축제의 유래는 다음과 같다. 종려 토요일에 대중을 크게 교화하기 위해 그리스도 죽음 직전 마지막 날의 사건을 극으로 재현했다. 평범한 농민 한 사람이 후

[†] 당나귀 축제(Festum Asinorum). 이 중세 축제는 발람의 당나귀, 마리아가 애굽으로 피신할 때 타던 당나귀, 그리스도가 예루살렘에 입성할 때 타던 당나귀 등과 다양하게 연관되어 있다. 원래는 이교도의 구경거리를 대체하는 기독교의 교화적 오락으로 의도되었다. 중세 프랑스 일부 지역에서 특히 성행했는데, 아기를 안은 어린 소녀가 당나귀를 타고 도시 거리를 달리면 행렬이 뒤따랐고 그 주위 사람들은 그 당나귀를 기리는 노래를 불렀다. 이후 나귀는 예배가 열리는 교회로 인도되었는데 예배 후 사람들은 어리둥절한 생물 주위에서 춤을 추면서 당나귀처럼 소리를 질렀다. 배우들은 교회 문밖에서 익살스러운 민속극을 선보였다. 통제 불가능한 광란의 축제로 변해가는 것을 우려한 로마가톨릭교회는 15세기에 공식적으로 당나귀 축제를 금지하기도 했다.

렴구가 있는 노래를 부르며 당나귀를 인도했다. 복음서에서 영화롭게 여겨지는 동물을 상기시켜야 했으므로, 율법과 선지자의 말을 인용하여 모든 중요 사항을 확인한 후 그 섭리의 역할자로 나귀가 선택된 것이다. 축제 초기에 이상한 방식으로 미사에 끌려가는 이 시골 당나귀가 보여준 것이라고는 크나큰 당혹감과 마구간으로 돌아가고픈 욕구가 다가 아니었을까 추정된다. 그러나 곧 당나귀 축제는 역으로 그것 자체가 미사가 되었고 숱한 신성모독으로 무성해졌으며 폭력과 방탕으로 가득찼다. 낄낄대는 주민 무리에 둘러싸여, 야유와 우박처럼 쏟아지는 막대기의 타격 속에서 공포에 질려, 당나귀는 울부짖었고 발길질을 당했다. 노동 수사들은 복음 당나귀의 귀와 꼬리를 잡고 그를 왕좌로 끌고 갔다. 그들 뒤에서 군중은 냉소적인 노래를 불렀고 지루하게 늘어지는 기독교적 주제에 저주를 외치며 고함을 질렀다. 온갖 썩은 냄새로 가득찬 향로가 근엄하게 이리저리 흔들리며 교회를 연기와 악취로 가득 채웠다. 성배에서 사과주와 포도주가 흘러나왔고, 고귀한 당나귀가 두려움에 그만 제단 석판에 똥을 싸자 교구민들은 실랑이를 벌이고 신을 욕보이며 낄낄거렸다. 그후 이 모든 게 멈춰 섰다. 축제는 계속 굴러갔고 한때 신성모독을 일삼았던 마을 주민들은 다시 독실하게 세례를 받으며 긴 미사를 떠받들었고 성전을 웅장하게 만들기 위해 마지막 구리 동전까지 예물로 바치며 성상 앞에 촛불을 켬으로써 고분고분하게 속죄하고 삶을 견뎠다. 새 당나귀 축제에 이르기까지.

자, 이렇게 캔버스는 준비되었습니다. 이야기를 이어가 보죠.

프랑수아즈와 피에르는 서로 사랑했습니다. 순전하고 굳건하게. 피에르는 주변 포도원에서 일하는 건장한 청년이었죠. 프랑수아즈는 이웃 오두막에 사는 소녀들보다는, 성전 벽을 따라 금빛 후광 속에 새겨진 여자들과 훨씬 더 비슷한 그런 아가씨였습니다. 물론, 그녀의 부드러운 머리 윤곽선 주위에 금빛 후광 같은 건 없었습니다. 그녀는 어머니를 돕는 유일한 손길이었던지라 그런 장식물은 그녀의 일에 방해만 되었을 것이기 때문입니다. 모두 프랑수아즈를 사랑했습니다. 늙은 사제 폴랑도 그녀를 보면 매번 미소 지으며 이렇게 말하곤 했습니다. "여기 하느님 앞에 빛나는 영혼이 있구나." 단 한 번, 폴랑 신부는 "여기 영혼이 있구나"라고 말하지 않았습니다. 프랑수아즈와 피에르가 둘이 결혼하겠다고 그에게 말하러 왔을 때였죠.

첫번째 공표는 일요일 미사 후였습니다. 프랑수아즈와 피에르는 현관에 함께 서서 가슴 두근거리며 기다렸습니다. 늙은 사제는 강단 계단을 천천히 올라가서 미사 전서를 펼치더니 한참 안경을 찾았고, 나란히 서 있던 두 사람은 그제야 향과 햇빛을 통해 차례로 그들의 이름이 들려오는 것을 들었습니다.

두번째 공표는 수요일 저녁 예배에서 이루어졌습니다. 피에르는 없었죠. 일터에서 벗어날 수 없었거든요. 하지만 프랑수아즈는 왔습니다. 어슴푸레하게 빛이 스미는 교회는 텅 비어 있었습니다. 입구 옆에 있던 거지들 두셋을 제외하고는 말이죠. 그리고 다시 노쇠한 폴랑 신부가 가파른 설교단 계단을 삐걱거리며 아치형 천장을 향해 올랐고, 미사 전서를 꺼내 정복 주머니에서 안경을 찾아 두 이름을 결합했습니다. 피에르와 프랑수아즈.

세번째 공표는 토요일로 예정되어 있었습니다. 그러나 그날은 공교롭게도 당나귀 축제일과 딱 맞아떨어졌습니다. 프랑수아즈가 교회로 가는 길에 수많은 고함소리가 멀리서 들려왔고 거칠게 울부짖는 소리가 그녀를 향해 달려들었습니다. 그녀는 바람에 흔들리는 불꽃처럼 현관 계단에 멈춰 섰지요. 열린 문간에서는 당나귀 축제가 짐승 소리와 사람 목소리로 뒤섞여 요란하게 울부짖고 있었습니다. 프랑수아즈가 막 돌아서려던 찰나 때마침 피에르가 도착했습니다. 선량한 젊은이는 더이상 기다리기를 원치 않았습니다. 곡괭이에 익숙한 그의 팔은 프랑수아즈를 원했습니다. 그는 미쳐 날뛰는 회당에서 문을 걸어 잠그고 뒤에 숨어 있던 폴랑 신부를 발견하고는 겸연쩍었음에도 마지막 공표를 더이상 지체하지 말아달라고 끈질기게 간청했습니다. 늙은 신부는 잠자코 듣더니 한쪽에 서 있던 프랑수아즈에게 시선을 옮기고는 눈으로 미소 지었고 아무 말 없이 재빨리 열린 성전 문으로 갔습니다. 신랑과 신부가 뒤를 따랐죠. 문가에서 프랑수아즈는 피에르로부터 손을 빼내려 했지만, 그는 놓지 않았습니다. 붐비는 사람들의 포효, 수백 개의 목구멍으로부터 솟아나는 웃음, 거의 인간적이라 할 수 있을 고뇌에 찬 당나귀의 외침이 프랑수아즈의 귀를 먹게 했습니다. 악취 나는 향료 연기 사이로 부릅뜬 프랑수아즈의 두 눈에 처음엔 위로 치켜든 팔, 크게 벌어진 입, 부어오르고 충혈된 눈만 들어왔습니다. 그러다 강단 계단을 밀고 올라가는 한 성직자의 차분하고 현명한 얼굴이 보였습니다. 그를 보자 일시에 모두 침묵에 빠졌습니다. 머리들이 이룬 바다 위에 서서 폴랑 신부는 그의 미사 전서를 펴고 천천히 안경을 썼습니다. 침묵이 계속됐지요.

"세번째 발표라. 아버지의 이름으로……" 뚜껑 덮은 가마솥에서 끓어오르는 것 같은 둔탁한 웅얼거림이 사제의 약하지만 분명한 목소리와 씨름했습니다. "결혼이 성립되었소. 하느님의 종 프랑수아즈……"

"그리고 나."

"그리고 나. 그리고 나."

"그리고 나…… 그리고 나…… 그리고 나." 소란스러운 군중들이 고함을 지르기 시작했습니다. 가마솥이 끓어 넘쳤습니다. 그 내용물은 으르렁거리며 부글부글 끓어올랐고, 울고, 고함치고, 신음했습니다.

"그리고 나…… 그리고 나."

당나귀조차도 거품으로 덮인 주둥이를 신부에게 돌리더니 갑자기 턱을 벌리고 합류했습니다.

"나아—아."

프랑수아즈는 기절한 상태로 현관으로 옮겨졌습니다. 겁에 질려 의기소침해진 피에르는 신부의 의식을 되돌리려 옆에서 분주했습니다.

그런 다음 모든 것은 제 갈 길로 갔습니다. 연인들은 결혼했지요. 이것이 이야기의 끝인 것 같습니다만, 사실 그것은 시작에 불과했습니다.

몇 달 연속 신혼부부는 몸과 마음이 완벽한 조화를 이루며 살았습니다. 낮은 일로 그들을 갈라놓았으나 밤은 그들을 서로에게로 돌려보냈습니다. 심지어 아침에 서로에게 털어놓았던 간밤의 꿈들도 비슷했습니다.

그러던 어느 늦은 밤, 두번째 닭이 울기 전, 잠귀가 밝은 프랑수아즈는 이상한 소리에 잠이 깼습니다. 베개에 손바닥을 대고 귀를 기울였지요. 처음에는 둔하고 멀었던 소음이 점차 가깝게 커져오고 있었습니다. 밤새도록, 마치 바람을 타고 있는 것처럼, 짐승의 날카로운 비명과 함께 알아들을 수 없는 목소리들이 들려왔습니다.

얼마 지나지 않아 프랑수아즈는 연속적으로 외치는 목소리를 각각 구별해낼 수 있었고 또 발소리도 겹겹이 들을 수 있었습니다. "그리고 나…… 그리고 나……" 프랑수아즈는 갑자기 한기를 느꼈고 침대에서 조용히 빠져나와 문으로 향했죠. 실내용 셔츠만 입은 채로 맨발로 가서 문짝에 귀를 댔습니다. 네, 그것은 당나귀 축제였고, 프랑수아즈도 이미 알고 있었죠. 신랑 수백, 수천 명이 밤에 도둑처럼 와서 애걸하고 요구했습니다. "그리고 나…… 그리고 나." 무수히 많은 광란의 당나귀 결혼식이 집 주위를 맴돌았습니다. 손이 수백 개 참을성 없이 벽을 두드렸습니다. 문틈으로 숨이 막힐 듯한 연기가 뿜어져나왔고 문지방까지 살금살금 다가온 누군가가 고뇌에 찬 목소리로 나지막이 애원했습니다. "프랑수아즈, 그리고 나."

프랑수아즈는 피에르가 어떻게 그렇게 푹 잘 수 있는지 이해할 수 없었습니다. 죽음의 공포가 그녀를 사로잡았습니다. 만약 피에르가 깨어나서 모든 걸 알게 된다면? 무엇 때문에 이토록 온통 괴롭고 죄스러운지 그녀는 아직 깨닫지 못했습니다. 무거운 걸쇠가 풀리고 문이 열리자 그녀는 거의 벌거벗은 채 당나귀 축제를 맞이하기 위해 밖으로 나갔습니다. 소음이 그녀 주변에서 즉시 그쳤으나 그녀 안에서는 그렇지 않았습니다. 그녀는 어디로 가는지, 누구에게 가는지 모르는 채로 풀밭 위를 맨

발로 걸었습니다. 가까운 데서 말발굽 소리, 등자 딸랑 거리는 소리, 그리고 누군가 그녀를 부르는 소리가 들렸습니다. 혹시 달 없는 어둠 속에서 길을 잃은 방랑 기사이거나 밀수품을 거래하기 위해 더 어두운 밤을 선택해 지나가는 상인일까? 이름 없는 밤의 신랑은 어두운 밤에 그 어떤 밤보다 더 어두운 일을 합니다. 영혼을 훔치지요. 도둑같이 왔다가 도둑같이 사라지면서. 요컨대, 등자는 다시 삐걱거렸고 말발굽은 쿵 소리를 냈고, 아침이 되자 프랑수아즈는 일터로 향하는 피에르를 배웅하면서 더할 나위 없이 다정하게 피에르의 눈을 바라보고 아주 오랫동안 손으로 그의 목을 붙잡고 있었기 때문에, 피에르는 집을 나서면서 곧 입이 귀에 걸려서는 어깨에 멘 괭이를 휘두르며 발걸음도 가볍게 휘파람을 불어댔습니다.

삶은 다시 예전처럼 흘러가는 것 같았습니다. 낮-밤-낮. 그 일이 다시 움틀 때까지는요. 프랑수아즈는 망상에 굴복하지 않겠다고 다짐했습니다. 그녀는 성상의 시커먼 얼굴 앞에서 차가운 바닥 위로 오랫동안 무릎을 꿇었습니다. 수많은 기도가 묵주를 돌리게 했죠. 그러나 광란의 당나귀 축제가 그녀의 잠을 찢고 다시 춤을 추기 시작해서 점점 더 가깝게 원을 그리며 그녀 주위를 맴돌면 그녀는 다시 자기 의지를 잃고 일어나 걸어갔습니다, 어디로 가는지, 누구에게 가는지 모르는 채로 말이죠. 깜깜한 밤 교차로에서 프랑수아즈는 거지와 마주쳤습니다. 거지는 어둠을 뚫고 어렴풋이 보이기 시작하는 하얀 환영을 보고 땅에서 벌떡 일어난 참이었습니다. 그의 손은 거칠었고 썩은 넝마에서는 역겹게 매캐한 냄새가 났죠. 보이는 대상을 믿지도 이해하지도 못했지만, 거지는 여전히 그녀를 탐욕스럽게 붙들었습니다. 그러나 벽을 따라 미끄러져 들어와 도둑처럼 숨어든 이 밤의 신랑은 자루 속 구리 동전이 땡그랑거리고 목발이 덜거덕거리자 겁에 질리고 당황한 나머지 어둠 속으로 사라져버렸습니다. 집으로 돌아온 프랑수아즈는 한참 동안 남편의 고른 숨소리를 듣다가는 그 위로 몸을 굽히고서 이를 악물고 소리 없이 울었습니다. 혐오감과 행복감이 동시에 그녀를 감쌌습니다. 몇 달이 지났습니다, 아니 몇 년이 지났는지도 모르지요. 아내와 남편은 서로를 더욱 굳건히 사랑했습니다. 그리고 다시, 그 어느 때보다도 갑작스럽게 일이 벌어졌습니다. 피에르는 그날 밤, 마을에서 10여 리그[†] 떨어진 곳에 가 있었습니다. 자신을 부르는 목소리에 이끌린 프랑수아즈는 문턱을 넘어 뿌연 나무 윤곽 사이로 난 어둠 속으로 나갔습니다. 크고 노란 눈처럼 불길이 땅을 훑었습니다. 프랑수아즈는 그 눈에서 자기 눈을 떼지 않고 운명을 향해 곧바로 걸어갔습니다. 잠시 후 그 노란 눈은 유리와 금속으로 된 평범한 등불로 변했습니다. 등불 손잡이

[†] 유럽의 옛 거리 단위. 사람이나 말이 한 시간 안에 걸을 수 있는 거리를 기준으로 했기 때문에 오늘날의 기준으로 환산하면 3.9킬로미터에서 7.4킬로미터에 이를 정도로 두루뭉술한 거리다. 그러나 오늘날 일반적으로 1리그는 4.83킬로미터로 친다.

를 움켜쥐고 있는 건 사제복 끝자락 아래 비쭉 나온 말라붙은 손가락이었고 그 위로 불꽃의 섬광 속에서 연약하고 미세하게 주름진 폴랑 신부의 얼굴이 보였습니다. 신부는 자정 넘은 시각에 죽어가는 사람에게서 부름을 받아 그 영혼에 천국을 약속하고 사제관으로 돌아가는 길이었습니다. 한밤중에 혼자 알몸으로 서 있는 프랑수아즈를 만났을 때 폴랑 신부는 놀라지 않았습니다. 그는 등불을 들어 그녀의 얼굴을 비추고 떨리는 입술과 흐릿한 막에 가려진 눈을 세심하게 바라보았습니다. 그런 다음 불을 껐지요. 눈먼 어둠 속에서 프랑수아즈는 다음과 같은 소리를 들었습니다.

"집으로 돌아가라. 단정히 옷을 입고 기다리거라."

늙은 사제는 좁은 보폭으로 발을 질질 끌면서 천천히 걸었고, 숨을 고르기 위해 종종 멈춰 섰습니다. 얼마 후 폴랑 신부가 프랑수아즈의 집으로 가니, 그녀는 벽 옆 벤치에 앉아 꼼짝하지 않고 있었습니다. 손바닥과 손바닥을 맞대고 있었고 어깨는 춥기라도 한 듯 옷 아래에서 간간이 떨렸습니다. 폴랑 신부는 프랑수아즈가 실컷 울도록 내버려두더니 이렇게 얘기합니다.

"영혼아, 너를 불붙인 것에 항복하라. 성경과 선지자가 예언하기를, 어리석고 악취 나는 짐승인 나귀를 타고서만 예루살렘 넓은 길에 도달할 수 있다 하였도다. 네게 말하노니, 오직 이같이, 또 이를 통해서만 하느님 나라에 들어갈 수 있으리."

젊은 여인은 놀라 눈물을 흘리며 올려다보았습니다.

"그래, 내 딸아, 너도 모든 사람이 알지 못하는 것, 즉 당나귀의 비밀을 배울 때가 왔구나. 꽃은 그 뿌리가 진흙과 악취를 거름으로 해야만 비로소 순수하고 향기롭게 피어날지니. 작은 기도에서 큰 간구로 나아가려면 오직 신성모독을 통해야 할 것이야. 가장 순결하고 가장 고결한 것이 한순간이라도 더럽혀지고 추락함이 마땅할진저. 순수한 것이 순수함을, 높은 것이 높음을 달리 어찌 배울 수 있으리오? 하느님이 영원중 단 한 번이라도 인간의 육체와 인간의 법을 취하셨다면, 사람이 어찌 나귀의 법과 몸을 멸시할 수 있겠느냐? 자신의 마음이 사랑하는 것 중 가장 사랑하는 것, 필요로 하는 것 중 가장 필요로 하는 것을 학대하고 모욕함으로써만 가치 있는 사람이 될 수 있을진대, 이 땅에는 슬픔 없는 길이 없기 때문이리라."

노인은 일어나 등불을 붙였습니다.

"우리 교회는 당나귀 축제에 경내를 개방했지. 그리스도의 신부인 교회는 조롱과 학대받기를 스스로 원하는 것이고. 이는 교회가 위대한 비밀을 알고 있기 때문이야. 모든 사람이 즐겁게 웃으며 축제 가운데로 들어가 기쁨을 맛보나 선택된 자만이 더 멀리 가느니. 진실로 네게 이르노니 슬픔이 없는 길은 없느니라."

등불을 밝힌 노인은 문 쪽으로 몸을 돌렸습니다. 여자가 자기 입술을 그의 앙상한 손가락 마디에 대고는 물었습니다.

"그러면 저는, 침묵해야 할까요?"

"그래, 내 딸아. 나귀의 비밀을 어찌…… 나귀들에게 밝힐 수 있겠느냐."

폴랑 신부는 세번째 공표일에 그랬던 것처럼 미소를 지으며 문을 굳게 닫고 밖으로 나갔습니다.

튜드르는 침묵에 싸여 강철 열쇠를 의자 팔걸이에 대고 툭툭 쳤고 문 쪽으로 얼굴을 돌린 채 앉아 있었다.

"그러니까 말입니다," 의장 제즈가 일시 정지 상태를 깨고 말을 꺼냈다. "당신이 수십 개의 벽돌로 쌓은 구상의 벽이 있다고 칩시다. 우리는 시멘트 없이 일하는 데 익숙합니다. 따라서 아직 시간이 충분히 있으니, 소설의 요소를 다른 순서로 재조립하는 데 동의하지 않으렵니까? 음, 말하자면, 첫번째 벽돌인 '시대'는 놓았던 곳에 그대로 놓으시오. 다만, 행위의 중심에 여자가 아니라 사제를 두는 겁니다. 그런 다음 당나귀 축제라는 요소가 지닌 의밋값으로 그 중심 행위자에게 의미를 부여하십시오. 말하자면 뿌리에서 분리하고 윗부분만 취한 다음……"

"그런 다음," 뚱뚱한 페브가 비웃듯 눈을 찡그리며 끼어들었다. "삶이 아닌 죽음으로 모든 것을 끝내시죠."

"제목 수정도 부탁하고 싶습니다만" 하고 한쪽 구석에서 히그가 낄낄거렸다.

튜드의 얼굴 전체에 피어난 불그스름한 반점 아래서 잔근육들이 경련을 일으키며 긴장했다. 그는 점프할 준비를 하는 것처럼 앞으로 몸을 기울였다. 키가 작고 강단 있으며 날렵하고 꼼꼼한 그의 전체적인 인상은, 그가 몸소 살아냈을 법한 소설의 간결함, 역동성, 명료함을 상기시켰다. 그는 벌떡 일어나 검은 선반 주위로 성큼성큼 걸어간 다음 갑자기 발뒤꿈치로 방향을 급격하게 돌려 여섯 명으로 이루어진 반원을 마주했다.

좋습니다. 시작하죠. 제목: 골리아드[†]의 자루. 제목이 벌써 아까와 같은 시대 배경에 머물게 해주지요? 골리아드 또는 '명랑한 성직자'라고 불리는 사람들은, 여러분도 다들 알고 있으리라 생각합니다만, 말하자면, 교회와 익살극 사이에서 길을 잃고 방황하는 사제들이라고 할 수 있었습니다. 이 이상한 광대-성직자 복합체의 출현 이유는 아직 연구되지 않고 설명되지 않은 채로 남아 있습니다. 아마도 그들은 가난한 교구의 사제들이었을 것입니다. 사제복이 그들을 도통 밥 먹여주지 않았거나 절반만 겨우 먹였기 때문에, 이들은 주로 길드 가

[†] 아르놀트 하우저는 『문학과 예술의 사회사』에서 이들에 대한 흥미로운 설명을 제시한다. "그들은 이곳저곳을 떠돌아다니던 신부나 학자, 또는 수도원을 도망쳐 나온 수도사나 학업을 때려치운 학생"이었으며, "일종의 영락 계층이자 보헤미안"이었다. 교육받은 이들이었으나 주류에 끼어들지 못했기에 "모든 전통과 풍습에 대해 처음부터 반항적인 태도를 취한 일종의 반역자요, 자유사상가"였다.

입이 필요하지 않은 일인 익살극 공연 일로 돈을 벌 수밖에 없었습니다. 내 이야기의 주인공인 프랑수아 신부(다른 모든 것과 마찬가지로, 이름에도 손댈 수 있게 허락해주시기 바랍니다. 즉, 이름을 뒤바꾸겠다는 얘깁니다)도 그런 골리아드 중 하나였습니다. 무두질한 가죽으로 만든 목이 긴 장화를 신고 손에는 튼튼한 지팡이를 들고 그는 굽이진 먼지투성이 시골길을 터벅터벅 걸어 이집 저집 다니며 시편을 노래로, 갈리아어 속담을 학문적인 라틴어로, 안젤루스의 종소리[‡]를 광대 모자에 달린 딸랑이 소리로 바꾸었습니다. 그의 등뒤에 밧줄 매듭으로 단단하게 묶인 여행용 자루에는 자질구레한 장식을 달아 색색의 천 조각으로 만든 광대 망토와 솔기가 다 닳아빠진 검은 사제복이 남편과 아내처럼 나란히, 깔끔하게 접힌 채로 서로 딱 붙어 있었습니다. 포도주 한 병이 허리띠에 매달려 옆구리에서 흔들렸고 오른손에는 검은 묵주가 세 겹으로 감겨 있습니다. 프랑수아 신부는 성정이 명랑한 사람이었죠. 비와 무더위 속에 무르익어가는 들판 사이를 걷고 눈 덮인 길을 따라 걸으며 휘파람으로 단순한 노랫가락을 흥얼거렸고 이따금 술병 위로 몸을 구부려 입맞추었습니다. 그의 방

[‡] 삼종기도(三鐘祈禱, Angelus)는 그리스도교 전승에서 대천사 가브리엘이 성모 마리아에게 예수 그리스도의 잉태를 예고한 사건을 기념하여 바치는 기도이다. 삼종은 종을 세 번 친다는 뜻으로, 이 종소리를 듣고 봉송하는 기도라고 해서 삼종기도라고 부른다. 종을 세 번 치는 이유는 강생구속 교리가 세 가지로 나뉘어 있기 때문이고 기도의 이름이 '천사'인 이유는 기도가 'Angelus Domini(주님의 천사)'라는 구절로 시작하기 때문.

식대로 말하자면, 사랑스러운 유리 입술에 말이죠. 프랑수아 신부가 다른 사람에게 입맞추는 것을 본 사람은 아무도 없었습니다.

나의 방랑자 골리아드는 대단히 쓸모가 많은 사람이었습니다. 종교 의례를 집전해야 한다면 자루 매듭을 풀어 폭이 좁고 시커먼 사제복을 꺼내 입고 단추를 채우는 거죠. 묵주를 풀고 자루 바닥에서 십자가도 꺼내서 눈썹을 엄격하게 치켜뜨고는 혼인성사를 집도하거나 죄를 사합니다. 즐거운 축제의 유흥이 요구된다면(여느 길드의 아마추어들에게는 막간극에 연기하는 것이나 악마 역할을 익히는 것이 너무 혼란스럽고 어렵죠) 같은 자루에서 종과 스팽글이 잔뜩 달린 알록달록한 광대 망토가 나와 익숙하게 프랑수아 신부의 넓은 어깨를 감쌀 것입니다. 골리아드 프랑수아처럼 눈물을 쏙 뺄 정도로 큰 웃음을 불러일으키고 재치 있는 말을 만들어내는 익살꾼을 찾는 게 쉽지는 않을 겁니다.

그가 늙었는지 젊었는지는 아무도 몰랐습니다. 깨끗이 면도한 얼굴은 늘 햇볕에 타 구릿빛을 띠었고, 정수리의 맨살은 대머리일 수도 있고 삭발한 것일 수도 있었습니다. 막간극에서 울기까지 웃거나 미사 때 웃기까지 울던 소녀들이 때때로 프랑수아를 특별히 더 은근히 바라보기도 했습니다만, 골리아드는 방랑자였습니다. 의례 집전이나 막간극 연기를 마치고 나면 그는 사제복이

나 종이 매달린 망토를 도로 집어넣고 자루 매듭을 당긴 후 계속 걸어갔습니다. 그의 손은 자기 지팡이만 움켜쥐었고, 그의 입술은 유리 입술에만 닿았습니다. 아, 들판을 걸어가며 머리 위로 날아가는 새들에게 휘파람 불기는 좋아했지요. 하지만 새들 또한 방랑자에 불과했고, 사람들과 나누는 말이라야, 한마디면 충분했습니다. '지나가시오'라고. 바람이 불고 새들이 지나가는 그 들판에서 골리아드는 때때로 자기 여행 자루와 대화하기를 즐겼습니다. 그는 끈으로 묶여 재갈 물린 자루의 입을 풀어 알록달록이와 까망이를 햇볕에 꺼내어놓고, 뭐 이렇게 중얼거리는 겁니다.

"Suum cuique, amici mei(각자에게 자기 몫을, 나의 친구들이여). 알아둬, 나의 검은 뇌조와 나의 광대 오리. 사실, 지상에 알록달록한 미사와 검은 웃음이 있다면, 친구들아, 너희들은 위치를 바꿔야 할 것이야. 하지만 지금은 말이지, 너는 제단 향을 맡아야 하고 너는 포도주 얼룩으로 몸을 단장해야 하지."

골리아드는 까망이와 알록달록이에게서 먼지를 털어내고서 그것들을 자루에 다시 숨기고 일어선 다음 메추라기에게 휘파람을 불며 구불구불한 길을 따라 걸어갔습니다.

어느 날 저녁, 먼지투성이인 채로 몹시 지친 프랑수아 신부는 작은 마을의 불빛 근처로 다가갔습니다. 안뜰

사오십 개가 있는 정착지였는데 중앙에 교회가 있고 주변은 포도원 녹지로 둘러싸여 있었습니다. 마을 문에서 그는 한 남자를 만나 질문을 주고받았습니다. 누구이고 어디서 왜 왔으며 어디로 가는가 하고 묻는. 프랑수아 신부는 '에이스가 다 이긴다'라고 쓰인 선술집 간판 아래 계속 앉아 있을 수 없었습니다. 죽어가는 사람에게 와달라는 부름을 받았거든요. 급히 한두 잔을 입에 털어넣은 골리아드는 사제복 소매에 팔을 집어넣고 옷섶의 걸쇠를 걸어 잠근 후, 임종 기도를 기다리는 영혼에 서둘러 갔습니다.

죽어가는 영혼의 죄를 사하고서 그는 미처 다 마시지 못한 술병으로 되돌아갔습니다. 그쯤 되니 이 낯선 사람에 대한 소식이 40여 개 안뜰에 모두 닿았고, '에이스가 다 이긴다'에서 기다리고 있던 늙은 농부 몇 명이 그에게 (축제가 예정되어 있던) 내일 와서 특별히 유쾌하고 근사한 것으로 지역민들과 외지 방문객들을 즐겁게 해달라고 요청했습니다. 술잔과 술잔이 부딪치며 쨍그랑거리는 가운데 골리아드가 말했습니다. "좋습니다."

이미 밤이 깊어 마을에서 숙박할 곳을 찾던 골리아드는 손에 등불을 들고 있는 어떤 사람을 우연히 만났습니다. 노란 눈이 그의 얼굴을 가로질러 깜빡였죠. 눈부신 빛을 뚫고 처음엔 등불의 손잡이를 붙잡고 있는 강하고 굵은 손가락을 보았고, 뒤이어 이가 반짝이고 미소가 환한 젊은 남자의 얼굴을 보았습니다.

"프랑수아 신부를 보신 적 없습니까? 그를 찾고 있습니다." 청년이 물었습니다.

"그럼 같이 찾아봅시다. 거울 가지고 계시오?"

"거울은 왜지요?"

"저런, 난 거울 없이는 프랑수아 신부를 볼 수가 없다오. 성함이 어떻게 되시오?"

"피에르입니다."

"당신 약혼녀의 이름은?"

"폴린느입니다. 내게 약혼녀가 있다는 걸 어떻게 아십니까?"

"좋습니다. 내일 만종 전에 봅시다. 당신들이 함께 달라붙어 한몸이 되어야 한다면, 내 자루에 있는 것보다 더 좋은 접착제를 찾을 수 없을 것이오. 잘 자오."

당황스러워하는 젊은이의 등불을 꺼버린 골리아드는 그를 어둠과 놀라움에 휩싸인 채로 남겨두었습니다.

이튿날 아침 프랑수아 신부는 진지하게 작업에 착수했습니다. 먼저 병든 아기들에게 성수를 뿌리고 침대에 누워 있는 산모에게 정화의 기도를 중얼거렸습니다. 그런 다음 재빨리 알록달록한 광대 복장으로 갈아입고는 여행복과 사제복을 자루에 조심스럽게 넣어, 그 자루를 입이 크고 몸이 깡마른 선술집 하인에게 맡아달라고 부탁하고 이웃 마을에서 몰려온 농민들을 즐겁게 하러 시장 광장으로 갔습니다. 노래가 노래를 따랐고, 농담에 농담이 이어지며 시간이 흘렀으나 주민들은 아무리 웃어도 그 웃음에 물리지 않아서 이 익살꾼을 놓아주려 하지 않았습니다. 갑자기 종탑에서 만종 소리가 울려퍼졌습니다. 농민들은 모자를 벗었고, 프랑수아 신부는 종이 딸랑거리는 외투를 들쳐 메고 서둘러 옷을 갈아입고 결혼식을 놓치지 않기 위해 선술집으로 거의 뛰다시피 돌아갔습니다.

'에이스' 문에서 하인이 당혹스러워하며 그를 맞이했습니다. 골리아드는 그 하인의 손에서 자기 자루를 보았으나 이상하게도 양 옆구리가 움푹 들어가 쪼그라들어 있었습니다.

깡마른 하인이 멍청한 입을 벌린 채 중얼거렸습니다. "나으리, 저도 나으리가 하시는 말씀을 듣고 싶었어요. 그동안에 자루가 저렇게 홀쭉해졌습니다. 누가 생각이나 했겠습니까요?"

골리아드는 자루에 손을 집어넣었습니다.

"비었어, 비었어!" 그는 절망에 빠져 소리쳤습니다. "텅 비었어, 네 머리처럼, 이 멍청한 놈아. 이제 내가 가진 거라곤 라틴어밖에 없는데 어떻게 결혼식을 집전할 수 있겠느냐?"

선술집 하인의 순진한 얼굴에서는 답을 찾기 어려워 보였습니다. 프랑수아 신부는 한쪽 팔 밑에 자루를 끼워넣고 딸랑딸랑 소리를 내며 전에 그랬듯이 교회로 달려 갔습니다. 가는 도중에 그는 빈 자루 속을 다시 뒤져봤습니다. 자루 바닥에서 그의 손가락은 도둑이 남기고 간 십자가를 찾았습니다. 프랑수아 신부는 십자가를 재빨리 광대 의상 위에 끼우고 손목에 감긴 묵주를 풀고는 교회 안으로 달려들었습니다. 그리고 시작했죠.

"In nomine(성령의)……"

"Cum spirito Tuo(이름으로)……"

노동 수사가 집례에 참여하려다가 갑자기 제단 계단을 오르는 광대를 보고는 깜짝 놀라 눈이 휘둥그레졌습니다. 일대 혼란이 뒤따랐습니다. 신랑 들러리들이 문 쪽으로 물러났고 늙은 시골 여인은 활활 타고 있던 촛불을 떨어뜨렸으며 신부는 얼굴을 가리고 분노와 두려움에 울음을 터트렸고, 늠름한 신랑과 다른 두세 사람은 침입자를 교회 밖으로 끌어내어 흠씬 두들겨팬 다음, 현관 근처에 내던졌습니다.

시원한 밤공기가 골리아드를 되살렸습니다. 땅에서 몸을 일으킨 프랑수아 신부는 먼저 찰과상과 타박상 입은 부위를 만져보았고, 그다음 옆에 던져진 자루 속을 다시 한번 살폈습니다. 자루는 텅 비어 있을 뿐이었지만 그는 조심스럽게 두 번 매듭지어 묶은 다음 익숙한 동작으로 어깨에 둘러메고 풀밭에서 지팡이를 찾아 들고 잠든 마을을 떠났습니다. 그는 구리종을 딸랑거리며 밤을 지새웠지요. 아침이 되어 들판에서 몇몇 사람들을 만났는데, 그의 어릿광대 복장을 본 사람들은 들판의 검은 밭고랑이 아니라 삐걱거리는 익살극 무대에 있어야 할 이 알록달록한 유령에 놀라 혼비백산 달아나고 말았습니다. 다음 마을에 가까워지면서 골리아드는 주변을 좀 돌아다녀보기로 했습니다. 뒷마당과 텃밭을 걸으며 딸랑거리는 종소리가 다른 사람의 눈길을 끌지 않도록 조용히 발을 디디려 애썼지요. 그러나 움직이는 알록달록 누더기를 본 멍청한 개가 벌떡 일어나 사납게 짖는 겁니다. 개 짖는 소리에 사람들이 달려나왔고, 곧 광대 뒤로 들판을 가로질러 휘파람을 불고 함성을 지르는 소년들이 줄을 이었습니다.

울타리를 고치느라 분주한 농부는 광대 유령의 인사에 대답하지 않았고 어깨에 물병을 짊어지고 길을 건너는 여자들은 유쾌하게 찡긋하는 그의 얼굴에 웃지 않고 눈을 내리깔고는 곁을 그냥 지나쳤습니다. 오늘은 일해야 하는 평일이었기에 바쁘고 냉정한 사람들은 웃을 시간도 이유도 없었습니다. 휴일 동안 농담을 이미 다 지껄인 그들은 휴일 의상은 궤짝 바닥에 숨겨놓은 채 평일 작업복을 입고는 단조로운 잿빛으로 내내 힘들게 이어지는 엿새를 시작했습니다. 수수께끼 같은 이방인은 평일 사이에서 길을 잃은 휴일이었고, 그들의 단순한 달력을 혼란스럽게 만드는 터무니없는 실수였습니다. 그들의 눈은 골리아드에게서 빠르게 멀어져갔습니다. 골리아드는 그들에게서 경멸 어린 미소나 무심한 뒷모습만을 보았습니다. 이제 그는 날카로운 바늘에 꿴 얇은 실로 알록달록한 천 조각을 기워 만든, 그 천사처럼 순수한 웃음이 얼마나 외롭고 정처 없는 것인지 깨달았습니다. 그는 태양까지 날아오를 수 있었을지도 모릅니다. 그러나 자기 횃대보다 더 높이 날지는 못했습니다. 영혼은 독수리의 것이었으나 날개는 길들인 닭의 것이었죠. 모든 미소는 계산되어 마치 새장에 가두어지듯 휴일에 가두어졌습니다. 오, 안 돼. 꺼져! 골리아드는 발걸음을 재촉해 이 땅에서 멀어져 저 땅으로 향하는 길을 따라 이미 걷기 시작했습니다. 하지만 시커멓고 끈적끈적한 흙은 발바닥에 들러붙었고, 풀과 나뭇가지는 옷자락에 매달렸고, 땀에 젖고 거름 내음 머금은 바람은 황혼으로 빛바랜 망토에 매달린 종과 장신구를 온 힘 다해 쨍그랑거렸지요. 강이 길을 가로막았습니다. 골리아드는 어깨에서 자루를 내려 매듭을 풀고 자루에 마지막으로 말을 걸었습니다.

"성 제롬이 기록하길, 우리 몸도 의복에 지나지 않는다고 했지. 그렇다고 하면, 그것도 빨게 내주어야겠지."

자루가 그 삼베 입을 벌렸습니다. 마치 '에이스가 다 이긴다'의 하인이 입을 떡 벌린 것처럼요. 이 명랑한 성직자는 가파른 강둑에 매달려 지팡이 끝으로 바닥을 더

듬어보았습니다. 짚어지지 않았습니다. 근처에 이끼 덮인 무거운 돌이 땅을 파고들어 박혀 있었습니다. 프랑수아는 땅에서 돌을 집어 자루 안에 밀어넣었고 뒤이어 자기 머리도 집어넣은 다음 목 주위로 끈을 단단히 묶었습니다. 강둑의 끝이 한 발짝 떨어져 있었습니다. 그 발걸음이 프랑수아 신부의 마지막 발걸음이었다고 감히 말할 수 있겠습니다.

튜드가 말을 마쳤다. 그는 문짝에 등을 기대고 서 있었다. 마치 스프링을 누르면 튀어나오는 독일 기계식 장난감의 널빤지처럼, 검은 판자가 갑자기 열리면서 미니어처 장난감 같은 튜드의 작은 형상을 집어삼키고 자동으로 그와 그의 소설들 위로 닫혀버릴 듯했다.

그러나 의장은 침묵이 계속되도록 놓아두지 않았다.

"이야기가 온통 조류에 휩쓸려가버렸군요. 뭐 그럴 수도 있죠."

"만약 그랬다면, 내 이야기를 '죽음으로 끝맺을 것'이라는 과제대로 정박하지도 못했을 겁니다." 튜드가 반박했다.

"페브도 반대하지 않습니다. 결론은 해결되었으니. 하지만 당신은 중간에 퍼즐을 섞었지요. 기술 부족 때문은 아닌 것 같은데. 그렇지 않습니까? 당신의 미소를 답으로 삼겠습니다. 이를 고려하여 우리는 벌칙으로 당신에게서 이야기를 하나 더 들어야겠습니다. 더 명확하고 더 짧은. 휴식은 필요 없을 것 같군요. 자, 해보시죠."

튜드의 어깨가 짜증으로 움찔했다. 그는 지친 듯 보였다. 튜드는 문에서 떨어져나와 벽난로 옆 자기 의자로 돌아왔고 잠시 흩어지는 불꽃과 회색빛으로 춤추는 화염 속에 눈동자를 고정했다.

자 그럼 해보죠. 사람들이 살아 있고—비록 만들어낸 사람들이라 해도 말이죠—때로는 작가의 의도를 벗어나 행동하는 만큼 즉흥적으로 그들을 다루는 것이 힘든 탓에, 반대하지 않으신다면, 지속적인 주인공들에게 의존해야겠습니다. 간단히 말해서 두 권의 책과 한 사람, 내가 다룰 수 있는 유일무이한 한 사람에 대해 이야기하겠습니다.

제목은 마지막에 함께 생각해볼 수 있겠습니다만, 내 책-캐릭터의 표제지에 대해 우선 말하자면, '말더듬이 노트커'와 '사 복음서'입니다. 세번째 캐릭터는 사람-플롯이 아니라 사람-주제에 속합니다. 사람-플롯은 작가에게 매우 골칫거리입니다. 그들의 삶은 단편소설에 들어가기에는 너무 많은 만남, 사건 및 우연을 가지기 때문에 작가들은 그것을 중편소설이나 장편소설로 확장해야 할 정도입니다. 반대로 사람-주제는 내재적으로 존재하고, 그들의 줄거리 없는 삶은 포장도로 한쪽으로 비껴 있습니다. 그들은 이런저런 관념에 속하고 과묵하며 소극적입니다. 그들 중 하나가 내 주인공입니다. 그의 존재는 내가 지금 이야기할 두 권의 책 사이에서 압도되었습니다.

부모가 살아 있을 때도 이 사람(그의 이름은 아무래도 상관없습니다)은 고아의 인상을 풍겼고 괴짜로 통했습니다. 어릴 때부터 건반에 탐닉했고 종일 새로운 소리의 조합과 리듬의 진행을 찾기 위해 노력했습니다. 그러나 그의 말소리는 벽과 잠긴 문 너머로만 겨우 들을 수 있을 뿐이었습니다. 한 음악 출판인은 어느 날 깡마른 청년이 자신의 사무실에 나타나 그를 쳐다보지도 않고 서류철에서 '침묵에 대한 해설'이라는 제목의 악보 공책을 꺼내놓았을 때 매우 놀랐습니다. 출판인은 물어뜯은 손톱을 공책에 찔러넣고 책장을 넘기고는 한숨을 쉬다가 다시 제목을 흘끗 본 다음 원고를 돌려주었습니다.

얼마 지나지 않아 이 청년은 건반을 열쇠로 걸어 잠그고 음표를 문자로 바꾸려고 시도했습니다. 그러나 극복하기가 훨씬 더 까다로운 장애물에 부딪히고 말았습니다. 우리의 모든 문학이 플롯 구성에 기반을 두고 있는 반면에 그는 (반복해서 말합니다만) 사람-주제였기 때문입니다. 아시겠습니까? 그는 분해되거나 여러 아이디어로 나뉠 수 없었습니다. 그는 사람-주제에 속한 만큼, 하나로부터 많은 것이 아니라, 많은 것으로부터 하나를 끌어내기 위해 노력했습니다. 때때로 펜 상자에는 아닌

게 아니라 펜촉이 쪼개지지 않은 펜이 들어 있을 수 있습니다. 그 펜은 다른 펜 못지않게 날카롭지만 쓸 수는 없습니다.

그렇지만 당시 이미 스물다섯 살이 된 나의 젊은이는 쪼개지지 않는 온전한 본성이 지닌 완고함으로, 많은 것 그 자체를 강제로 소유하기로 결심했습니다. 물론 그는 이 모두를 다르게 불렀지만, 어쨌거나 진정한 본능은 그에게 여행을 가리켰습니다. 많은 사람을 처리하는 이 여행이라는 방법은 우리의 상대적으로 균일하고도 이른바 단단한 경험을 눈부시게 증식시키지요. 그즈음 그는 유산을 물려받았고, 기차는 다양한 언어의 패치워크 세계를 누비며 그를 역에서 역으로 실어다주었습니다. 이 작가 지망생의 노트는 메모와 개요로 부풀어올랐지만, 그것을 끝까지 몰아붙여 사물로서의 글자로 만든 예는 발견되지 않았습니다. 연필이 쫓는 모든 플롯 안에서 그가 느낀 것은 마치 호텔 객실에서 우리 각자가 느끼는 것과 같았습니다. 모든 게 낯설고 무심한. 당신에게도, 또다른 이들에게도.

그리고 수개월에 걸친 방랑 끝에 마침내 그들은 만났습니다. 사람과 주제가 말이죠. 만남은 스위스의 언덕들 사이에 있는 장크트갈렌 수도원† 도서관에서 이루어졌습니다. 비 오는 날이었을 겁니다. 귄태는 내 주인공을

---

† 스위스 북동부의 도시 장크트갈렌에 있는 수도원. 612년 아일랜드에서 전교하러 온 성(聖) 갈렌이 719년 자신이 수도를 위해 은거하던 곳에 세운 대규모의 베네딕투스회 수도원이다. 로코코풍의 수도원 부속 도서관에는 2,000점에 이르는 필사본이 소장되어 있다. 8~11세기에는 교회음악 발전에 크게 이바지했다.

사람들의 발길이 뜸한 도서관 서가로 이끌었고, 그는 책 먼지가 소용돌이치는 그곳에서 말더듬이 노트커†를 발견했습니다. 노트커는 누군가 만들어낸 인물이 아니고 딱 천년쯤 전에 살았던 실존 인물이죠. 우리 플롯 수집가의 즉각적인 관심을 끈 노트커라는 이름 외에 그에 대해 알려진 것은 거의 없었습니다. 천년에 걸친 시험을 견뎌낸 몇몇 준(準)외경에 해당하는 정보가 있을 뿐이었습니다. 이것은 어쨌든 그 인물을 재탄생시키고, 시들어 썩은 것을 다시 활짝 피어나게 할 가능성을 주었습니다. 지금까지 운이 별로 없었던 우리의 작가는 노트커 재창조에 적극적으로 착수했습니다. 수도원의 책과 필사본은 그에게 지금은 거의 잊히다시피 한 고대의 장크트갈렌 음악학교 이야기를 들려주었습니다. 대위법에 능한 네덜란드 작곡가들‡이 등장하기 오래전, 외딴 산속에 고립되어 지내던 장크트갈렌의 수도사들은 신비한 다음(多音) 실험을 수행하고 있었습니다. 그 수

---

† 　장크트갈렌 수도원에는 노트커라는 이름을 가진 수도사들이 여러 명 있었다. 말더듬이 노트커라고 불린 수도사는 노트커 발불루스(Notker Balbulus, 840~912)다. 시를 쓰고 음악을 작곡하고, 문서를 관리하고 수업을 맡아 가르쳤다. 그의 가장 빛나는 업적은 884년경 완성된 것으로 전해지는 『찬송서』 집필이다. 서문과 함께 수십 편의 세쿠엔티아가 수록되어 있는데, 세쿠엔티아는 복음을 환호하는 노래인 알렐루야의 부속가로 수사들이 그 끝없는 변조를 마음에 간직할 수 있도록 도왔다.

‡ 　기욤 뒤페(Guillaume Dufay, 1397~1474), 요하네스 오케겜(Johannes Ockeghem, 1410~1497), 조스켕 데 프레(Josquin Des Prez, 1440~1521) 등을 포함하는 플랑드르악파를 가리킴. 오늘날까지 작곡의 중요한 기초가 되는 대위법과 화성의 개념을 정착시키고 발전시켰다.

도사 중 하나가 말더듬이 노트커였습니다. 전승에 따르면, 그는 어느 날 산중 절벽을 따라 걷다가 끼익하는 톱 소리, 탕탕 치는 망치 소리, 그리고 사람들의 목소리를 들었다고 합니다. 소리를 따라 걷다보니 길이 꺾어지는 지점에 이르렀고 거기서 심연을 가로질러 던져질 미래의 다리를 위해 들보를 고정하는 일꾼 무리를 보았습니다. 전해지는 바에 따르면, 그는 가까이 접근하지 않고 일꾼들의 눈에 띄지 않게 숨어서 사람들이 심연 위에 매달려 망치로 두드리고 즐겁게 노래하는 것을 보고 들었습니다. 그런 다음 수도원 자기 방으로 돌아와 합창곡 ‹Media vita in morte sumus(삶 가운데 우리는 죽음에 처해 있다)›를 작곡했던 것이죠. 우리의 주인공은 삶에 쐐기 박힌 죽음을 말하고 있는 정사각형 네우마⁴들을 찾아 도서관에서 누렇게 변한 악보집들을 뒤적였습니다. 그러나 합창곡은 어디에도 없었습니다. 대수도원장의 허락을 얻어 그는 썩어가는 악보 더미를 숙소로 가져갔고, 문을 걸어 잠근 후 모더레이터*를 내린 채 건반을 눌러 밤새도록 장크트갈렌 수도사들의 고대 찬가를 연주했습니다. 악보 연주를 모두 마친 후, 그는 아까 찾을 수 없었던 합창곡 소리를 상상해보려 애썼습니다.

---

⁴   중세 유럽에서 고안된 초기 기보 방식. 한 음절에 주어지는 음의 선율 형태를 기호로 나타낸 것. 정확한 음높이를 표기하지는 못하는 대신 음 간 상대적인 음높이 변화, 즉 선율이 진행하는 방향을 보임.

*   현대 업라이트 피아노의 가운데 머플러 페달처럼, 현과 해머 사이에 얇은 천을 삽입시켜서 현의 울림을 억제하여 부드럽고 약한 소리를 만들어내는 장치.

그날 밤 그는 꿈에서 맞이했습니다. 믹솔리디안 선법[†]으로 천천히 행진하는 장엄하고 애절한 그것을요. 다음 날 아침 건반 앞으로 돌아와 꿈속 합창곡을 재현하려고 애쓰던 중 그는 노트커의 ‹삶 가운데›와 자신의 ‹침묵에 대한 해설› 사이에서 놀라운 유사점을 발견했습니다. 계속해서 장크트갈렌의 필사본더미를 샅샅이 뒤지면서 우리의 탐정은 말더듬이 혹은 발불루스라는 이상한 별명을 가진 이 늙은 작곡가가 평생 음악에 맞는 단어와 음절을 수집했음을 알게 되었습니다. 그가 소리의 조합을 숭배하면서도 명료한 소리를 내는 인간의 말을 극도로 경멸했던 것으로 보인다는 게 무척 흥미로웠습니다. 한 친필 문서에서 말더듬이 노트커는 이렇게 말했습니다. ‘때때로 나는, 단어를 희생하는 한이 있어도 망각을 피하려면 어떻게 내 소리 조합을 고정해야 할지 조용히 숙고하고는 했다.’ 그에게 단어는 음의 진행을 기억 속에 고정하는 수많은 가지각색의 표시, 연상 기호에 지나지 않았던 것입니다. 간혹 단어와 음절을 고르다 지치면, 그는 무엇이 되었든 알렐루야 한 곡에 머물러 다른 난해한 의미를 위해 음절을 무의미하게 만들면서 이를 인터벌[‡] 수십 개로 통과시켰습니다. 노트커가 소위 아텍스탈리스[ᶴ] 영역에서 벌이는 이런 연습이 특히 우리 탐정의 관심을 끌었습니다. 위대한 말더듬이의 네우마 사냥이 그를 영국 박물관의 도서관으로, 또 밀라

[†]   중세 교회음악의 여덟 개 선법 중 일곱번째 선법.
[‡]   동시적이거나 연속적인 두 음 사이의 간격 혹은 차이.
[ᶴ]   가사 없이 이미 완성된 멜로디에 적합한 가사를 찾아 적어넣는 방식.

노의 암브로시아나 문서보관소*로 찾아다니게 했죠. 여기서 두번째 만남이 일어났습니다. 속담이 전하고 있듯, 자기 운명에 만족하지 않았던 두 책의 만남※이었습니다. 두 책은 스스로 운명이 되기를 원했던 것입니다. 장크트갈렌 수도사에 관한 책을 쓰기 위해 지칠 줄 모르고 자료를 찾던 나의 주인공은 어느 밀라노 고서적상의 가게를 찾았습니다. 흥미로운 것 하나 없이 쓰레기뿐이었지만, 가게 주인이 빼앗긴 시간, 자기를 상대하느라 날려버린 그 시간을 보상해주고 싶어서 그는 처음 눈에 들어오는 책등을 임의로 가리켰습니다. "이것으로 합시다." 그리고 무작위로 구매한 책이 그의 작업물과 같은 서류 가방에 담기게 되자 흩어졌던 초안 페이지들이 천천히 책으로 합쳐졌습니다. 거기, 봉인된 자루 안에는 『말더듬이 노트커』와 『사 복음서』(눈먼 사람에게 산 책은 고대 라틴 문자로 된 복음 전도자 네 사람의 오래된 이야기였습니다)가 책장과 책장을 맞대고 마치 남편과 아내처럼 함께 누워 있었습니다. 나의 아텍스탈리스 연구자가 어느 날 한가한 시간이 생겨 자기가 사온 책을 무심코 둘러본 후 옆으로 치우려던 그때, 페이지 여백에 17세기 서체로 쓴 손 메모가 그의 주의를 끌었

---

* 페데리코 보로메오 추기경이 1605년경 설립한 도서관으로 보비오의 베네딕토회 수도원으로부터 노트커의 필사본 수십 권을 입수했다.

※ 2세기 후반 라틴 시인이자 문법학자인 테렌티아누스 마우루스가 한 말, "독자의 능력에 따라 책은 운명을 달리한다(pro captu lectoris, habent sua fata libelli)"를 의미한다. 음절 형성을 다룬 운문 「음절에 대하여(De syllabis)」에서 언급했다. 필사본은 1493년 보비오에서 발견되었다.

습니다: S-um.

"의미 없는 음절." ……구석 자리에서 페브가 중얼거렸다.

복음서를 훑어보던 청년도 처음에는 대충 그렇게 생각
했습니다. 그러나 처음 S를 이어지는 um으로부터 구
분하는 가로 대시가 그의 흥미를 끌었습니다. 그는 불
가타 성경[†]의 여백을 훑어보다가 문맥에서 두 구절을
분리하는 잉크 표시를 하나 더 발견했습니다. '내가 택
한 나의 종을 보라……' 기타 등등, 그리고 '그는 다투
지도 아니하며 들레지도 아니하리니 아무도 길에서 그
의 소리를 듣지 못하리라.' 막연한 예감으로 그는 한
페이지 한 페이지 더 주의 깊게 여백을 훑어볼 수밖에
없었습니다. 두 챕터 지나 희미한 손톱자국이 눈에 띄
었습니다. '주 다윗의 자손이여, 내 딸이 흉악하게 귀신
들렸나이다 하되 예수는 한 말씀도 대답하지 아니하시
니.' 그뒤엔 텅 빈 여백이 이어졌습니다. 그러나 너무도
큰 흥미를 느낀 ‹침묵에 대한 해설›의 작곡가는 자신의
탐색을 포기하지 않았습니다. 페이지를 빛에 비추어보
던 그는 누군가 날카로운 손톱으로 찍었으나 이제
는 희미해진 자국 몇 개를 더 발견했습니다. 그리고 그
자국들은 이런 구절에 표시되어 있었습니다. '대제사장
들과 장로들에게 고발당하되 아무 대답도 아니 하시는

[†]　성 제롬이 405년에 완역한 라틴어역(譯) 성경으로 가톨릭교
회의 공인 성경.

지라. 이에 빌라도가 이르되 그들이 너를 쳐서 얼마나 많은 것으로 증언하는지 듣지 못하느냐 하되 한마디도 대답하지 아니하시니 총독이 놀라워하더라.' 또는 '예수께서 몸을 굽히사 듣지 못하신 듯 손가락으로 땅에 쓰시니.' 어떤 자국들은 돋보기로만 볼 수 있을 정도였고 어떤 자국들은 두드러졌습니다. 또 어떤 경우엔, 일반적인 가로 대시보다 짧게 서너 단어에만 표시되어 있었습니다. 예를 들어 '예수는 물러가사 한적한 곳에서……' 또는 '예수께서 침묵하시거늘'이 그랬고, 어떤 경우엔 연속적인 시 구절을 따라 길게 이어지기도 하고 에피소드와 이야기 전체를 강조하기도 했는데, 모두 대답을 얻지 못한 질문 이야기, 침묵하는 예수 이야기였습니다. 장크트갈렌의 오래된 네우마들은 분명 더 듬기 했어도 여전히 말하고 있었습니다. 단어 옆에 표시를 적고 손톱으로 자국을 내면서 끝까지 말이죠. 이제 분명해졌습니다. 낡디낡아 서로 거의 들러붙다시피 한 페이지의 누런 여백에서, 스스로 말로 복음을 전한 네 사람과 더불어, 말이 필요 없는 다섯번째 복음서가 책 속 텅 빈 여백으로 계시되고 있었습니다. 침묵으로 쓰인 복음서가. 이제 잉크로 쓴 S-um도 이해됩니다. 그것은 Silentium(침묵)을 압축한 것뿐이었습니다. 침묵을 깨지 않고 침묵에 대해 말할 수 있습니까? 해설할 수 있겠습니까? 그러니까…… 글쎄요, 한마디로 말해서, 책이 책을 한 방에 죽인 겁니다. 나의 사람-주제 원고가 어떻게 타버렸는지는 설명하지 않겠습니다. 그냥, 그렇게 타버렸다고 해두죠."

튜드는 라르를 향해 급하게 돌아섰다. 그러나 라르는 그의 시선을 거부했다. 손바닥으로 눈을 가리고 그는 듣지도 들리지도 않는 듯 움직이지 않고 앉아 있었다.

"제목에 대해서라면," 튜드가 일어섰다. "내 생각에 여기 가장 어울릴 만한 말은⋯⋯"

"자서전." 반격을 가하며 라르가 말했다. 튜드는 수탉처럼 고개를 쳐들고 뭐라고 말하기 위해 입을 열었으나 비웃는 낄낄거림, 숨가쁜 쌕쌕거림, 비명과 고함으로 뒤죽박죽된 날카로운 웃음소리가 그의 목소리를 묻어버렸다. 라르와 튜드, 나 셋만이 웃지 않았다.

구상자들은 차례로 자리를 떠났다. 가장 먼저 자리를 뜬 이들 가운데 라르도 있었다. 그를 따라 나가려는 나를 누군가 팔꿈치로 익숙하게 누르며 멈춰 세웠다.

"몇 가지 질문할 게 있소." 토요일의 주인이 나를 구석으로 데려가며 오늘의 인상에 대해 자세히 묻기 시작했다. 서둘러 자리를 벗어나 라르를 따라잡으려고 했기 때문에 내 대답은 즉흥적이고 퉁명스러웠다. 마침내 손가락과 질문에서 벗어난 나는 밖으로 나간 라르를 찾으러 서둘러 나갔다. 활활 타오르는 아크등 덮개 아래에서 나는 백 걸음쯤 앞서 걸어가는 한 뒷모습을 보았다. 서둘러 그를 좇느라 미처 눈치채지 못한 사실이 있었다. 그는 지팡이로 보도를 찍으며 가고 있었다.

"잠깐, 실례 좀 하겠습……"

내가 라르로 착각했던 그 남자는 얼굴을 돌리고는 유독 반짝이는 동그란 렌즈 너머로 말없이 나를 바라보았다.

당황한 나는 하느님만 아신다고 중얼거리며 뒤로 물러섰다. 한 주 내내 나를 괴롭혔던 질문은 다음 토요일까지 또 기다려야 했다.

4

　　　　　　　　　　다음 토요일은 다스가 구상을 공개할
차례였다. 내가 그 텅 빈 책장 방으로 들어가니 마침 다스가
이야기를 막 시작하려 하고 있었다. 둥근 안경들을 마주 대
하기 부담스러웠기에 나는 벽난로 근처로 의자를 끌어당겨
앉았다. 벽난로는 꼼짝하지 않고 앉은 사람들의 검은 그림
자를 잡아당기고 있었고, 곧 나 또한 다른 사람들처럼 침묵
하며 움직임 없이 앉아 있게 되었다.

　　다스는 뻣뻣하고 붉은 수염을 허공에 부딪히며 지팡이
머리에 턱을 괴었고, 때로 지팡이 끝으로 점(.)과 가로 대시
(-)를 두드리며 이야기를 시작했다.

엑스(EX). 그렇게들 불렀거나 혹은 언젠가 확실히 그렇게 부르게 될 그 기계 이야기를 오늘 해보려고 합니다. 사실, 과학에서는 더 복잡하고 더 긴 이름으로 알려졌습니다. 차등관념 운동체, 윤리적 기계장치, 외부화 장치, 그리고 기억나지 않는 다른 이름들도 많습니다. 그러나 이름을 평이하고 단순하게 만들고 싶어하는 대중은 그냥 엑스라고 불렀습니다. 하나하나 차례대로 이야기해보죠.

우리는 엑스에 대한 아이디어가 사람 머리에 처음 떠오른 때를 정확히 알지 못합니다. 20세기 중반 또는 그 이전이 아니었을까 싶습니다. 바람 불고 날씨 화창한 어느 아침, 크고 시끄럽고 번화한 도시의 교차로 옆, 상점 창문 아래에 여자들 몇 명이 서서 경쟁적으로 소리치며 브래지어를 팔고 있었습니다. 바람은 손에서 물건을 빼앗아 리본 띠를 잡아당기고, 리넨 레이스를 둥글게 부풀렸습니다. 사람들은 바람의 장난이나 행상인의 성가신 괴롭힘에 아랑곳하지 않고 서로 떠밀면서 서둘러 그 옆을 지나쳤습니다. 마침 그때 시끌벅적한 길을 건너던 단 한 사람만이 갑자기 발걸음을 늦추고 공중에 날아다니는 형체들을 빤히 쳐다보았습니다. 그의 시선을 알아차린 행상인들은 보도에서 그에게 소리치며 손짓했습니다. 내 것을—저 여자 것 말고—내 걸로—거기서 사지 말고요—내 것이 더 싸요! 생각에 잠긴 보행자와 거의 충돌할 뻔한 자동차가 급정거했고 분노한 운전사는 유리창 너머로 그를 팬케이크처럼 납작하게 해주겠다고 위협하면서 소리쳤습니다. 그러나 그 남자는 리넨 레이스에서 눈을 떼고 아스팔트에서 발바닥을 떼고서, 팬케이크나 구매자로 변하지 않고 유유히 자기 갈 길을 갔습니다. 우리 행인을 다른 사람으로 명백히 착각해 달려왔다가 바로 돌아서 가버린 어느 정신없는 청년이 눈 뒤에 있는 것도 꿰뚫어볼 수 있었더라면 그도 결정적으로 이해할 수 있었을 텐데 말입니다. 모든 사람은 늘 모든 사람을 다른 이들로 착각한다는 것을.

젊은이도, 운전사도, 행상인들도 지나가는 괴짜에게 시선은 빼앗겼으나 바로 그 순간에 그의 머리에 엑스에 관한 아이디어가 뛰어들었다는 사실은 알지도, 의심하지도 못했습니다. 제목도 없이 손으로 쓴 조각 메모들을 제외하고 후세에 아무것도 남기지 않은 신비한 행인의 머릿속에 떠오른 연상은 다음과 같았습니다. '바람—외부 형태의 분리 및 팽창—에테르 바람—내부 형태의 분리, 외부화, 팽창—두개골 내부의 진동, 진동계. 에테르 바람의 타격은 모든 ‹나›를 밖으로, 세상으로, 그리고 리본 뜨 지옥으로 몰아간다.' 이후, 이 연상 비행은 고정장치에 착륙했습니다. 논리가 작동했고 수십 년 동안 축적된 경험이 꿈틀거리기 시작했습니다.

'정신의 사회화가 필요하다. 공기의 타격인 바람이 내

머리에서 모자를 떼어내 앞으로 돌진하게 할 수 있다면, 왜 에테르의 흐름을 통제하여 사람들의 머리에 숨어 있는 정신적 내용물 전체를 머리뼈 아래에서 떼어내 날려버릴 수 없겠는가. 젠장, 왜 우리의 모든 인(IN)을 엑스(EX)로 뒤집을 수 없겠는가 말이다.'

엑스에 관한 생각에 사로잡힌 이 사람은 이상주의자이자 몽상가였습니다. 다소 잡다하고 산만한 그의 학식은 아이디어를 구현할 수 없었고 꿈에 마구를 채워 활용할 수 없었습니다. 전설에 따르면 사람들에게 기발한 스케치를 남긴 이 무명씨는 굶주리고 알려지지 않은 채 죽었고 대체로 순진하고 실질적으로 무력했던 그의 공식과 도면들은 손에서 손으로 떠돌아다니다 마침내 엔지니어 투투스의 손에 들어갔습니다. 투투스에게 있어 생각이란 모형화와 같은 말이었고 바람이 돛에 기대듯 사물에 기대는 것이었습니다. 젊었을 때 오래된 관념운동 원리†에 관심을 가지게 된 그는 즉시 그것을 관념운동체 모델로 구체화했습니다. 다시 말해, 근육의 생리적 수축을 외부 기계가 근육에 가한 기계적 효과로 대체하는 장치를 고안한 것입니다. 무명씨의 초안을 접하기 전에도 투투스는 대담하고 정확한 실험을 통해 개구리의

---

† 대상이 무의식적으로 동작하는 심리적 현상. ideo(생각 또는 정신적 표현)와 motor(근육 활동) 두 단어에서 파생했다. 겉보기에 반사적으로 보이는 자동 근육 반응을 일으키는 과정을 설명한다. 이 용어는 1852년 윌리엄 벤자민 카펜터(William Benjamin Carpenter)가 과학 논문에서 처음 사용했다. 따라서 카펜터 효과라고도 한다. 카펜터는 논문에서 근육 운동이 의식적 욕구나 감정으로부터 독립적일 수 있다는 주장을 펼쳤다.

파상풍을 다룬 오래된 연구를 발전시키고 완성했습니다. 예를 들어, 개구리의 눈을 감싸안고 있는 약한 근육망을 자신의 관념운동체에 연결함으로써 눈을 임의로 이리저리 움직이게 할 수 있었고, 바로 그 기계의 도움으로 눈이 특정 물체에 고정된 채로 있게 해서 눈물이 흐르도록 하거나 눈꺼풀이 열리고 닫히게 할 수 있었습니다. 그러나 투투스가 '인공 관찰자'라고 부른 이것을 만든 이후 이 다소 원시적인 실험은 별다른 성과를 거두지 못했고 현상을 제대로 수정하지도 못했습니다. 신경중추에서 오는 생리적 신경분포‡가 여전히 계속 작용하여 기계에서 받은 인공 신경분포를 방해하는 듯 밀어냈기 때문입니다. 무명씨의 구상을 접하고서 투투스의 실험은 시야와 범위가 확장되었습니다. 그는 사회적으로 명확한 중요성을 지니는 인간의 움직임과 근육 수축 자체를 기계로 포획해야 한다는 것을 깨달았습니다. 무명씨의 기록은 행동으로 구성된 현실에 대해 '현실이 항의 합계로 이뤄질수록 그 합은 줄어든다'라고 말하고 있었습니다. 무명씨는 또, 이질적이고 개별적으로 기능하는 신경계에서 신경분포를 떼어내 이를 단일한 중앙신경분포장치에 내주는 것만으로도 현실을 계획적으로 조직할 수 있고 어수룩한 '나'를 단호하게 끝장낼 수 있다고 가르칩니다. 의지의 자극을 도덕과 기술의 최신 업적에 따라 만들어진 하나의 '윤리적 기계'의 자극으로 대체함

‡   장기 또는 신체 일부에 신경을 공급하는 과정.

으로써 모두가 전부를 내놓게 되는, 이른바 완전한 '엑스'에 이르게 된다는 것이죠.

투투스는 전에도 미래에 어떻게 쓰일지 전혀 예측하지 못한 채로 관념운동체를 개선하여 뇌의 원심성 신경계[†]와 연결된 주요 근육을 그 작동 범위에 포함할 수 있었습니다. 그러나 다소 불쾌한 사건 하나가 오랫동안 그의 작업을 중단하고 방해했습니다. 사건은 다음과 같이 끝났지요. 투투스는 어떤 저명한 인물을 알게 되었는데, 그는 대단한 의지와 권한을 지닌 사람이었지만 이상하게 복잡한 질병으로 고통받고 있었습니다. 단순한 편마비로 시작된 것이 그의 몸 전체로 퍼져 거의 모든 수의근[‡] 시스템이 위축되었습니다. 질병은 이 남자의 근육을 점차 무력화하고 있었습니다. 그는 가장 기본적인 손동작, 걸음걸이, 몇 마디 발음에도 하루하루 점점 더 엄청난 힘을 들여야 했습니다. 의지가 확고해지고 영향력을 행사하려는 싸움에 집중하게 되어 꾸준히 강화되어갈수록, 오히려 행동 범위는 날마다 조여들었습니다. 근육이 점점 무력해지고 축 늘어져가더니 급기야 그의 정신은 가죽과 지방이 처져 거의 움직임이 없는 자루 안에 단단히 갇힌 꼴이 되었습니다. 탈출구를 찾던 이 불행한 사람은 투투스에게 도움을 청했고 이에 투투스는 근육 활동을 깨우는 일에 착수했습니다. 신경분포장치의 조정판은 매일 환자의 근육을 수축 및 이완함으로써

[†] 중추신경계에서 원심성 신경섬유를 배출해 신경 자극을 근육이나 땀샘, 혈관 등의 실행 장치로 전달한다.

[‡] 의지로 수축시킬 수 있는 근육으로 골격근 외에 피부 내의 근육, 관절포에 부착하고 있는 관절근 등이 이에 속한다.

그의 몸을 벽에서 문지방으로 또 반대로 걷게 하고 팔을 움직이게 하며 입력된 말을 또렷이 발음하도록 만들었습니다. 그러나 환자에게 미친 효과는 극도로 제한적이었습니다. 이 정치인의 몸은 잔뜩 꼬인 전선더미를 끌면서 움직였습니다. 기계 자판의 탁탁 소리를 따라 전기 코드 위에서 경련하는 생기 없는 몸이었단 말입니다. 사실, 환자는 천천히 힘겹게나마 기계의 도움 없이 아직은 각 회기의 계획을 갈겨쓸 수 있었습니다. 어느 날, 3주에 걸쳐 삶으로의 돌파를 시도한 끝에, 가죽과 지방으로 단단히 묶인 이 자루는 축 늘어진 손가락 사이에 연필심을 간신히 밀어넣고 종이에 다음과 같이 휘갈겨 썼습니다. '나 자신을 죽이시오.' 투투스는 하루 동안 계획을 숙고하고 나서 그것을 일종의 결정적 실험(experimentum crucis)[✦]으로 전환하기로 결심했습니다. 근육이 완전히 없어진 듯 보였던 이 대상을 두고 벌인 실험에서조차, 그가 의지를 굽히지 않고 휘갈겨 쓴 메모가 기계의 정확한 계산법과 뒤섞이는 바람에 기계식 신경분포장치의 작업을 모두 망치는 결과를 빚은 것입니다. 대상이 강한 의지로 저항할 모든 가능성을 예상하는 것은 불가능했습니다. 게다가 자살 실험에서는 기계의 의지와 인간의 의지 사이의 가장 날카롭고 극단적인 갈등의 순간을 맞이할 수밖에 없었지요. 투투스는 다음과 같이 진행했습니다. 리볼버 카트리지에서 화약을 비운

<hr>

[✦]   특정 가설이 옳은지 여부를 확인할 수 있는 중요한 실험. 기존 아리스토텔레스의 연역적 방법론을 부정하고, 자연에 대한 관찰과 실험을 통해 과학적 사실을 점진적으로 구축해야 한다는 귀납적 방법론을 제시했던 프랜시스 베이컨이 처음 사용한 용어.

후 탄피에 탄환을 끼우고 살아 있는 실험 대상의 시야로 들어가 그에게 카트리지를 보여준 뒤 바로 눈앞에서 리볼버의 강철 실린더에 그것을 밀어넣었습니다. 그런 다음 공이치기를 당기고 이 죽음의 도구를 움직임 없는 그 손가락 끝에 놓았습니다. 이제 기계가 작동하기 시작했습니다. 자살자의 손가락이 비틀리면서 리볼버 손잡이를 잡았습니다. 집게손가락이 부정확한 반사작용을 일으켰습니다. 투투스는 그에게 다가가 뻣뻣한 손가락을 방아쇠의 구부러진 부분에 딱 맞게 밀어넣어 오류를 수정했습니다. 버튼을 한번 더 누르니 팔이 튀어올라 팔꿈치에서 구부러졌고 연이은 움직임으로 총구가 그의 관자놀이를 향했습니다. 투투스는 다시 가까이 다가가 대상을 주의 깊게 살펴보았습니다. 안면 근육에는 저항의 흔적이 없었으나 속눈썹이 움찔거리고 있었고 눈동자 끝이 검은 얼룩으로 넓게 퍼져 있었습니다. "아주 좋아." 투투스는 중얼거리며 돌아서서 마지막 버튼을 누르려 해보았으나 이상하게도 키는 눌러지지 않았습니다. 우리의 실험자는 더 세게 눌렀습니다. 그때 대상의 관자놀이 옆에서 건조하게 딸깍하는 소리가 들렸습니다. 먼저 그는 자신의 기계를 살펴보았고, 뻑뻑한 키를 여러 차례 올렸다 내려 다시 자유롭게 움직이게 했습니다. 그런 다음 스위치 몇 개를 젖히자 불가해한 자기 의지를 지닌 인간 자루가 갑자기 자리에서 미끄러져

내려와 총 맞은 새처럼 팔다리를 펄럭이더니 바닥으로 툭. 투투스가 대상에게로 돌진했습니다. 대상이 죽었습니다.

이미 말했듯이, 우리 실험자를 실험으로 돌려보낸 무명 씨의 초안은 무엇보다 전선, 클램프, 클립 같은 구식 시스템을 포기하도록 만들었습니다. 물질에 있어서 단절을 두려워했던 그의 모델링 정신은 행위의 송신자와 수신자 사이의 직접적인 연결을 강화하기 위해 분투하면서 그런 시스템 구축에 오랫동안 집착해왔습니다. 이름 모를 몽상가의 빛바랜 페이지를 넘기면서 투투스는 처음으로 그 예견자가 꿈꾸었던 '에테르 바람'의 숨결을 느꼈습니다. 나는 투투스의 새로운 무선 관념운동체의 구조적 세부 사항을 이해하기에는 에너지공학에 대해 너무 무지합니다. 그런데 발명가는 곧 자기가 잘 알고 있다고 믿었던 에너지 기술 분야에서 완전히 큰 혼란에 빠졌습니다. 생리적 신경분포가 전선을 통해 전달되는 것보다 에테르 형태로 분사되는 충격에 훨씬 더 완강하게 저항한다는 데 문제가 있었습니다. 거의 절망적이었던 투투스는 많은 반복 실험 끝에 피실험자의 근육계를 신경계로부터 단번에 격리해야만, 즉 하나를 다른 것에서 영구히 분리해야만, 관념운동체가 피실험자의 온갖 행위들, 곧 행동양식을 온전히 통제할 수 있다는 것을 마침내 깨달았습니다. 그즈음 그는 이탈리아 세균학자

노토티 부자의 실험을 알게 되었습니다. 아버지 노토티는 투투스의 연구에 훨씬 앞서 '뇌 기생충'을 발견했습니다. 이전에도 과학은 말초신경[†]의 펄프를 흡수하여 신경염[‡]을 유발하는 유형 성분인 골수파지[ɬ]가 존재한다는 사실을 반쯤은 밝혀냈습니다. 그러나 우리는 현미경과 화학주성[*]을 최대한 활용했던 노토티가 가장 강력한 울트라 현미경의 광선을 회피하는 매우 복잡한 뇌 동물군의 존재는 처음으로 발견했다고 볼 수 있습니다. 노토티는, 그의 표현대로라면, 참을성 있는 정원사를 모방해서, 밀봉된 플라스크 내부에서 일반 젤라틴 배양 형태의 다양한 종과 아종의 뇌 박테리아를 인공으로 얻었습니다. 그는 언젠가 멘델[※]이 꽃가루로 했던 작업을 유리 박테리아 배양기에서 할 수는 없었습니다. 하나는, 박테리아가 꽃가루 입자보다 무한히 작았기 때문이고, 다른 하나는 미생물의 무성(無性)이 교배를 무력화하

[†]　신체의 표면과 골격근, 각종 내부 장기로부터 수집된 감각을 중추신경으로 전달하고, 중추신경의 운동 자극을 다시 이들에게 전달하는 통로 기관을 말한다. 말초신경에는 감각을 전달하는 신경과 운동 신호를 전달하는 신경이 있다.

[‡]　신경섬유 또는 그 조직의 염증 및 퇴행성 변성. 대개는 운동마비 및 지각 저하, 신경통이나 저림을 동반한다.

[ɬ]　박테리오파지(bacteriophage)를 간단히 부르는 말이다. 세균을 숙주세포로 하는 바이러스 일군의 총칭. 파지(phage)는 먹는다는 뜻이다.

[*]　화학 물질의 농도 차이로 일어나는 주성. 주화성(走化性)이라고도 한다.

[※]　그레고어 멘델(Gregor Mendel, 1822~1884). 오스트리아 제국의 식물학자, 아우구스티노회의 사제로 멘델의 유전법칙을 발견하여 유전학의 토대를 마련했다.

기 때문이었습니다. 그러나 그에게는 다른 이점이 있었습니다. 예를 들어 신경섬유의 가장 얇은 부분인 랑비에 결절에 정착한 박테리아는 24시간 만에 대략 기원후 인류가 세계 역사에서 가졌던 세대 수만큼 생산되었습니다. 따라서 노토티가 말했듯이, 보다 압축적 시간을 소유함으로써 우리의 실험자는 열과 화학적 영향을 점진적으로 변경하면서 가축 실험에서라면 수천 년이 걸릴 만한 결과를 박테리아 세계에서 얻을 수 있었습니다. 요컨대 노토티는 뇌에 기생하는 특수한 미생물종을 추론해낼 수 있었는데, 이를 진동파지라 불렀습니다. 특수한 바늘로 뇌막 아래 주사한 진동파지는 즉시 재빠르게 증식하면서 주로 대뇌피질 아래에서 신경이 밖으로 나가는 곳에 밀집되어 있다가, 마치 유충이 과일나무 가지를 공격하듯 원심성 신경 가지를 공격했습니다. 진동파지는 정확한 의미에서 기생체도 부생균◎도 아니었습니다. 신경초◉ 내부로 들어가는 이 작은 포식자들은 물질이 아니라 에너지를 삼켰습니다. 즉, 신경세포의 에너지 방출인 진동을 먹었습니다. 신경 에너지의 모든 출구를 막으면서 세상으로 나가는 뇌의 모든 창을 차단한 이 박테리아는 마치 뇌의 신호와 방전을 가로채듯 뇌파의 진동을 변환해 자신의 작은 몸을 움직이는 연료로 썼습니다. 이 발견으로 아버지 노토티는 마침내 평생 준

◎   동식물의 유체나 배설물 등 생명이 없는 유기물을 영양원으로 하여 생활하는 사상균류나 세균류.
◉   초신경계 신경섬유의 가장 바깥층에 있는 원통 모양의 막. 신경섬유를 보호하고 전기가 통하지 못하도록 덮어싸는 구조를 하고 있다. 신경세포의 영양과 물질을 교환하는 역할을 한다.

비해온 실험에 착수할 수 있었습니다. 여러분이 알아두어야 할 것은, 황소의 목과 거세된 자의 목소리를 가진 이 남자가, 잊힌 철학적 전설 같았던 본유 관념(ideae innatae)[†]에 실험적 근거를 제공한다는 희망을 평생 품어왔다는 점입니다. 노토티는 생각했습니다. '신생아의 뇌에 최초의 감각이 들어서기 이전에 진동파지 군대를 보내자, 그러면 그들은 뇌와 그 가지의 물질적 요소를 손상하지 않으면서, 길을 막고 신경절을 따라 뇌로 흐르는 세상을 가로챌 것이다. 이때 우리가 가능한 한 운동신경, 특히 조음 장치를 면역화한다면, 영혼은 우리에게 자신의 본유 관념을 이야기하리라.'

이 잔인한 괴짜(괴짜는 대부분 잔인합니다)는 보이지 않는 것을 발견하면서도 명백한 것에는 눈이 멀었습니다. 낡은 데카르트 유령을 믿는 노토티는 자신의 실험실이 있던 예방접종센터에서 영아를 대상으로 위험한 실험을 시작했습니다. 그 결과는 터무니없었고, 당시 신문에 났듯이 '소름 끼치는' 과정이었습니다. 늙은 과학자는 아이들 수십 명을 죽음에 이르게 한 혐의로 비난받았고 유죄 판결을 받았습니다. 그는 실험실에서 시작하여 감옥에서 끝났습니다. 이 세균학자의 연구는 희생자들의 피에 휩쓸려간 듯 오랫동안 불명예를 안았고 버림받았고 잊혔습니다.

그리고 아버지로부터 물려받은 이름을 회복하고 싶었

[†] 인간의 정신 속에 선천적으로 가지고 있는 관념.

던 노토티 2세는 무의식적으로 그에 대립하는 실험을 하기 시작했습니다. 아버지가 뇌로 들어가는 모든 입구를 틀어막으려 했던 반면, 아들은 이제 살아 있는 박테리아 코르크 마개로 뇌에서 나오는 모든 출구를 닫으려 했습니다. 아버지에게 불명예를 안긴 행위에 짓눌린 노토티 2세는 모든 행위를 단번에 끝내버리고 싶었습니다. 행동이 현실을 풍요롭게 한다고 가르쳤던 무명씨의 생각에 그보다 더 적대적인 사람은 없었을 것입니다. 이와 동시에 그는, 무명씨의 아이디어를 구현하는 데 필요했던 사람이기도 했지요.

아들 노토티는 곧 새로운 종류의 진동파지를 얻었습니다. 이 품종은 마치 의지와 근육 사이에 자리잡듯 신경망의 운동계에만 기생했습니다. 그러나 이 완고한 연구자는 그것으로 만족하지 않았습니다. 노토티 2세는 운동신경섬유 내부의 화학 과정을 연구하면서 개별 신경 줄기의 화학주성들 사이에서 미묘한 차이를 확인했습니다. 연구자 자신도 전혀 예상할 수 없었던 절대적으로 놀라운 사실이 밝혀졌습니다. 즉, 사람의 자발적 움직임을 조절하는 섬유는 의지적인 노력의 범주에 속하지 않는 교감신경계 및 신경분포장치의 섬유와는 다소 다른 화학반응을 생성한다는 것입니다. 옛 철학적 청사진을 좋아했던 노인 노토티라면 아마도 오랫동안 폐기되었던 자유의지론‡을 실험으로 증명하려 했을 것입니다.

---

‡ 결정론에 반대하면서 인간의 자유의지 가능성을 주장하는 학설. 인간의 행위는 상당 정도 물리적 법칙·심리적 법칙 등의 자연법칙에 지배되지만, 행위의 선택과 결정을 행사하는 의지가 적극적으로 기능한다고 주장한다.

그러나 형이상학적 회상에 관심이 없던 그의 아들은 어떤 청사진도 뒤돌아보지 않고 앞으로 나아갔습니다. 그는 아버지와 다름없이 화학주성을 이용해 자신의 진동파지들을 이른바 자발적인 신경분포 시스템으로 유인했고, 새로운 아종의 특성을 확정하면서 이 독특한 미세 배양체를 행동파지들이라 불렀는데 이것은 나중에 '사실 포식자'들이라 정의되었습니다. 그는 이제 감옥에서 썩을 위험 없이 '사실 포식자' 배양체를 신경계 섬유소 내부에 주입할 수 있었습니다. 그렇지만 아버지의 운명에 대한 기억과 아마도 행위의 제거 문제를 둘러싼 고민으로 노토티 2세는 행위의 영역에서 극도로 신중하게 되었습니다. 토끼와 기니피그에서 호모 사피엔스로 이어지는 일반적인 실험 경로를 통과하면서 유독 '사피엔스' 앞에서는 주저했던 것입니다.

어느 늦은 오후, 이 문제를 곰곰이 생각하던 중 멀리서 온 한 남자가 만남을 청한다는 소식이 노토티에게 전해졌습니다. "들여보내시오." 서재 문지방을 넘은 방문자는 큰 보폭으로 세 걸음 만에 땅딸한 이탈리아인인 노토티에게 다가가 그의 통통한 손바닥을 자신의 가늘고 완강한 손가락 마디뼈로 움켜쥐고는, 노토티의 놀란 얼굴 위로 허리를 굽혀 번쩍이는 치아 충전물을 보이며 입을 뗐습니다.

"투투스입니다. 엔지니어고요. 당신에게는 풍차의 날개

가, 내게는 바람이 있습니다. 빵을 곡물을 반으로 나눕시다. 어떻습니까?"

"빵을 곡물이라니?" 노토티는 움켜쥔 손가락 뼈마디에서 자기 손을 빼내려고 벌떡 일어섰습니다.

"물론 인간의…… 좀 앉겠습니다." 손님은 길고 앙상한 몸을 팔걸이의자에 밀어넣었습니다. "내게 당신의 박테리아를 주십시오. 나는 근육에 수축과 이완을 불어넣는 에테르 바람을 당신에게 드리겠습니다. 우리는 함께 인간의 모든 현실을 새롭게 세울 것입니다, 위로부터 아래로. 아시겠습니까? 우리는 각자 반대쪽 끝에서 터널을 파왔고 마침내 이렇게 곡괭이와 곡괭이로 만난 겁니다. 오랫동안 당신의 작업을 지켜봐왔습니다. 당신이 출판에 인색하긴 하지만 말입니다. 나 역시 마찬가집니다. 그래도 나는 장담합니다. 만약 당신의 모든 것이 나의 모든 것과 만난다면, 그것들은 모든 것을 전복할 것입니다. 여기 도표가 있습니다." 투투스는 가져온 서류 가방을 내밀었습니다. "당신의 인(IN)을 위한 나의 엑스(EX)입니다. 이제 당신의 간균(桿菌)†을 보여주십시오."

"그렇게 쉽게 보이지 않을 텐데요." 놀라 당황한 노토티는 웃어넘기려고 했습니다.

"그 의미를 보기는 더 어렵겠지요. 하지만, 실은 난 완전히, 전부 다 볼 수 있습니다."

---

†　막대 모양으로 생긴 세균. 병의 원인이 되는 것으로 디프테리아균, 대장균, 페스트균, 결핵균 등이 있다.

"그러자면 위험부담을 안아야 할 거요." 세균학자가 주저했습니다.

"내가 감수하겠습니다." 투투스는 그의 서류 가방을 책상에 내리쳤습니다. "여기 신경계에서 해방되어야 할 근육 목록이 있습니다. 식물화 과정의 신경분포, 정신 자동화 기관 일부는 사람들에게 남겨둘 수 있을 것입니다. 그 외 모든 것은 내 에테르 바람에 종속될 것입니다. 나는 내가 원하는 방향으로 풍차 날개를 돌릴 것입니다. 오, 내 엑스들은 순수한 가루를 줄 것입니다!"

"하지만 자본이 있어야……"

"끝없이 들어올 겁니다. 두고 보십시오."

둘은 일종의 협약을 맺었습니다.

이 협약 이후 얼마 지나지 않아 세계 강대국 정부는 노토티와 투투스로부터 '긴급' 및 '기밀'이라고 표시된 간략한 메모를 받았습니다. 정확한 수치와 도표로 뒷받침된 이 메모는 엑스의 구현을 제안하고 이러한 장치에서 얻을 수 있는 재정적, 도덕적 이점을 나열했습니다. 특정 수신인에게는 프로젝트가 전달되지 않고 장관실에 처박혀 있기도 했고, 어떤 수신인에게는 거부되기도 했습니다. 그러나 일부 국가들(주로 통화가 불안정하고 국가 부채가 급증해 필사적으로 지푸라기라도 붙잡게 되는 국가들)은 이 프로젝트를 위원회에 보내 급히 검토하고 논의했습니다. 정부 두 곳에서 동시에 투투스를 호출했기 때문에 그중 한 곳은 기다리기까지 해야 했습니다. 여러 차례의 비밀 청문회가 진행된 후, 기계적 신경 분포라는 아이디어를 정신질환과의 싸움에 적용하기로 결정이 내려졌습니다. 사실 이 이야기의 배경이 된 시대에는, 정신이상자들의 수가 과도하게 증가하고 있었습니다. 과학의 힘만으로는 정신적 스트레스의 증가 및 일상의 뒤틀림과 너무도 밀접하게 관련된 이 재난에 대처할 수 없었습니다. 무엇보다 반사회적 성향의 정신이상 발병률이 엄청나게 도약하면서 위험성은 더욱 커졌습니다. 폭력적인 미치광이, 도벽 또는 에로틱한 정신병에 중독된 사람, 살인광 등 말하자면 일반적으로 치유하기 힘든 특성을 가진 사람들을 고립시키는 데 엄청난 자금이 필요했으며 이는 국가 예산에 막대한 부담이 되었습니다. 이 프로젝트의 요지는 다음과 같았습니다. '질병에 빼앗긴 수백만 명의 노동자를 돌보기 위해 국가는 수십만 명의 노동자를 더 잃게 된다. 새로운 격리 시설을 짓고 직원을 유지하는 데 매년 점점 더 큰 비용을 지출하게 되는 것이다. 병든 사람들에게서 건강한 사람들을 격리하는 대신 정신이상자의 체내에서 병을 분리해내는 것이 낫지 않겠는가. 정신 질환은 신경계만 손상할 뿐 근육계는 건드리지 않는다. 노토티 교수가 발견한 박테리아를 사회활동으로부터 배제된 정신이상자에게 주사하면, 사회가 뇌와 함께 도둑맞았던 그의 근육계가 그의 적법한 소유자에게 돌아간다. 일단 엑스를 설치하라. 그러면 모든 정신이상자의 근육이 분명히 부적합한—심지어 사회로서는 위험하기까지 한—중추신경에서 '투투스 A-2'와 같은 단일 중앙신경분포장치로 전환되어 사회와 국가의 이익을 위해 무상으로 일할 것이다. 상대적으로 저렴한 엑스를 만드는 것은, 예산상 재정적 부담을 더는 데 도움이 될 뿐만 아니라 단번에 엄청난 양의 새로운 노동력을 제공할 것이다.'

얼마 지나지 않아 긴 유리 빨대 다발 형상의 엑스가 땅에서 기어나왔습니다. 투명한 줄기 모양 다발에서 뻗어나온 유리 금속 케이블과 필라멘트가 공기 중에 녹아내리는 것처럼 보였기에, 첫번째 엑스의 개막 및 출시 당일, 축하 군중이 이 거대한 외부화 장치를 둘러싼 금속 장벽으로 쏟아져나왔을 때, 사람들은 울타리가 쳐진 흐릿한 공터 외에는 아무것도 보지 못했습니다(그날은 안개가 자욱했습니다). 사람들은 즉시 엔지니어들이 훔친 자금, 서류상에만 존재하는 가상의 기업, 부풀려진 예산에 관한 이야기를 퍼뜨리기 시작했습니다. 총리는 연단에 올라 대머리에서 중산모를 벗고 손으로 허공을 찌르며 어떤 찬란한 시대에 대해 목이 쉬도록 길게 말했습니다. 그는 낡고 닳아빠진 양탄자에서 나온 먼지처럼 말을 뱉으며 울타리 쳐진 공터를 향해 근시가 있는 눈을 가늘게 떴다가 갑자기 이런 생각이 들었습니다.

'만약 그게, 저기 정말 없으면 어떡하지?' 그후 엑스는 그에게 복수했는데, 사건 과정에서 그를 '엑스 총리'로 바꿔버린 것입니다.

연설을 들으며 실망하고 조롱하던 군중은 갑자기 공기 중에 이상한 소리가 울리자 순식간에 흩어지기 시작했습니다. 그 소리는 유리가 달가닥거리듯 작고 가늘었습니다. 마치 끊이지 않고 뻗어가는 현악기의 소리처럼 점점 위로 올라가고 올라갔습니다. 엑스가 자기 임무를 시작했습니다.

다음날 아침 서둘러 일터로 향하던 사람들은 도심 거리에서 전혀 이해할 수 없는 유형의 행인들을 목격했습니다. 옷을 모두 비슷하게 입은 그들은 1초에 정확히 두 걸음씩 내디뎠는데 어딘지 갑작스레 발을 뻗으면서도 규칙적인 걸음걸이로 걸었습니다. 팔꿈치는 움직임 없이 몸에 딱 붙어 있었고, 머리는 어깨 사이에 정확히 꽉 끼워져 있었고, 이마 아래 둥근 눈동자는 나사로 죈 것 같았습니다. 각자 일로 바쁘게 움직이는 사람들은 이것이 노토티의 방법에 따라 근육이 분리되었다가 '1호기 엑스'에 의해 재활성화되어 격리에서 풀려난 첫번째 광인 그룹이라는 사실을 즉시 깨닫지 못했습니다.

이 첫번째 그룹에 속한 유기체들은 우선 진동파지로 처리되었습니다. 고통 없이 뇌에서 완전하게 분리되어 적절하게 조정된 이 새로운 사람들의 근육 조직은 이제

거대한 신경분포장치의 에테르 의지에 맞춰 모두 같은 기계적 작업을 수행하는 자연스러운 안테나였습니다.

저녁이 되자 에테르 바람으로 활성화된 사람들에 대한 소문이 도시 전체에 퍼졌습니다. 교차로에 몰려든 시민들은 기쁨으로 흥분해서 일터에서 돌아오는 엑스 인간들을 환호성으로 맞이했지만, 그들은 벌어지고 있는 일에 대해 눈 하나 까딱하지 않고 아무런 반응도 없이 팔꿈치를 몸에 딱 붙이고 똑같은 걸음걸이로 1초에 두 걸음씩 걸었습니다. 여자들은 그들에게서 자기 아이들을 숨겼습니다. 저들은 어쨌든 미친 사람들 아닌가. 갑자기 무슨 일이라도 저지르면 어째! 그러나 그들은 흠 없는 작업의 산물이니 안심하라는 소리를 들었습니다.

어느 교차로에서 뜻밖의 일이 벌어졌습니다. 한 노파가 지나가는 이 새로운 이들 가운데서 자기 아들 얼굴을 알아보았습니다. 그는 2년 전에 구속복 소매에 엮여 격리병동으로 보내졌습니다. 노파는 기뻐 외치며 그에게 달려가 이름을 불렀습니다. 그러나 엑스에 속한 그는 고르게 바닥을 두드리며 지나갔습니다. 얼굴 근육 하나도 움찔하지 않았고, 꽉 다문 입술은 그 어떤 소리도 내지 않았습니다. 에테르 바람은 원하는 곳으로 불었습니다. 히스테리에 휩싸인 노파는 집으로 실려갔습니다.

누군가 농담으로 이름 붙인 대로, 이 첫번째 '엑스 인간' 그룹은 가장 단순한 동작만 수행할 수 있었습니다.

그들은 걸을 수 있고 일부 레버를 올리거나 내릴 수 있었습니다. 그게 전부였습니다. 그러나 소위 '차동장치'의 점진적인 도입으로 이삼 주 안에 정신병원의 인간 콘텐츠는 더욱 복잡한 처리가 가능해졌습니다. 노토티-투투스 시스템에 따라 조직된 삶은 더욱 확장되고 복잡해졌습니다. 그렇게 작업대에 놓인 부츠를 따라 엑스만의 방식으로 구둣솔을 움직이는 구두닦이 엑스가 생겨났습니다. 위로 아래로, 위로 아래로. 그런가 하면, 문지기 엑스의 움직임이 최신 유행하는 호텔에서 호기심의 대상이 되어 출입구로 인파가 모여들게 했습니다. 문지기 엑스는 아침부터 밤까지 출입문 손잡이에 손을 얹고 서서 짧고 강하게 힘주어 문을 열었다가 닫았습니다. 그러나 최초의 신경분포장치를 만든 사람들도 우연한 상황을 전부 예상하지는 못했습니다. 하여튼 어느 날 다음과 같은 일이 벌어졌습니다. 호텔 손님이었던 유명한 칼럼니스트 터민스가 자기 방에서 나와 계단을 내려오고 있었습니다. 그는 천천히 걸으면서 지나치는 사물들, 얼굴들에 시선을 두었고 잡지에 실을 다음 칼럼 주제를 집요하게 찾았습니다. 우연히 그의 눈동자는 나가는 문을 자동으로 열어준 문지기의 눈동자에 고정되었습니다. 이 눈동자가 터민스를 뒤로 물러서게 만들었습니다. 그는 등을 벽에 부딪히면서도 여전히 그 현상에서 눈을 떼지 못했고 생각에 잠겨 중얼거렸습니다. "이거다."

이 유명한 작가는 곧 '인(IN)을 위한 변호'라는 제목의 칼럼을 내놓았습니다. 영감 어린 재능이 깃든 그 칼럼은 이쪽과 저쪽에서 바라보는 눈동자 두 쌍의 만남을 묘사했습니다. 터민스는 모든 시민과 엑스 구축자들에게 무엇보다 기계화된 인간의 눈을 더 자주 들여다보라고 권했습니다. 그렇게 할 때, 엑스가 침범하고 있는 것은 침범해서는 안 되는 것이라는 사실을 이해하게 될 것이라고 했습니다. 강압적이고 이질적으로 제조된 삶을 살도록 인간을 몰아갈 수는 없다, 인간은 자유로운 존재다, 광인에게도 광기에 대한 권리가 있다, 의지의 기능을 기계에 맡기는 것은 위험하다, 우리는 여전히 기계의 의지가 무엇을 원하는지 모른다, 터민스의 맹렬한 칼럼은 '엑스(EX)에 대항하는 인(IN)'이라는 표어로 끝났습니다.

터민스의 발표에 대한 응답으로 관련 기관지 다음 호에 사설이 게재되었습니다. 투투스발(發)이라는 소문이 돌았습니다. 사설은, 사회 유기체 전체를 구원하는 문제를 다룰 때 그저 어떤 눈동자를 보고 히스테리 상태로 비명을 질러대는 건 시기적절하지 않다고 지적했습니다. '자유의지'에 대한 그의 장광설은, 몇 세기 전에나 어울릴 주장인데다 과학적으로 타당성이 입증된 결정론[+]의 시대에서 보자면 심지어 약간 우스꽝스럽기까지

하다는 것이었습니다. 반사회적 의지가 사회에 위협이
되는 정신병자에게는 의지의 자유가 아니라(자연에는
그러한 것이 본질적으로 존재하지 않기 때문에, 이 역시
인위적으로 생산해야 할 것입니다) 의지로부터의 자유
를 주는 것이 중요하다고 했습니다. 정부는 이 노선을
단호하고 끈질기게 추진하여 점점 더 많은 엑스 인간을
배출할 것이라고도.

그러나 터민스는 포기하지 않았습니다. 논쟁에는 논쟁
으로 대응했고 지면상 논란에 만족하지 않고 '선한 옛
두뇌 협회'를 조직했습니다. '선한 옛 두뇌'라는 표현은
어느 날 그가 '엑스에 대항하는 인'이라는 표어가 찍히
고 뇌의 두 반구가 그려진 금속 배지를 착용하고 시위
에 모인 동조자 그룹을 불렀던 이름입니다. 정부가 기
존의 '1호기 엑스' 옆에 새롭고 더욱 강력해진 두번째 외
부화 장치 '2호기 엑스' 건설을 시작하자 '선한 옛 두뇌'
지지자들은 군중을 건설 현장으로 이동시켜 기계를 파
괴하겠다고 위협했습니다. 시위를 진압하기 위해 현장
으로 군대가 파견되었고, 그들을 지원하기 위해, 마치
엑스의 자기방어 능력을 증명하듯 기계에 의해 신경이
활성화된 무장 엑스 인간 군단이 초당 두 걸음씩 체계
적으로 땅을 두드리며 거리를 걸어다녔습니다.

터민스 조직의 회원들은 새로운 탄압 그리고 무엇보다
체포에 대비했지만 그런 일들은 일어나지 않았습니다.

---

†   인간의 행위를 포함하여 이 세상에서 일어나는 모든 일은 우연
이나 선택의 자유에 의하여 일어나는 것이 아니라, 일정한 인과관계
의 법칙에 따라 결정된다는 이론을 말한다.

점점 더 많은 권한을 축적한 투투스가 작성한 보고서에 따르면 장관들의 비밀회의에서 어떤 결의안이 채택되었고 그 이행은 엑스에 맡겨졌습니다. 갑자기 터민스가 사흘이라는 짧은 시간 동안 어디론가 사라졌다 나타나서는 놀랍게도 곧 자기 입장을 '반대'에서 '찬성'으로 변경했습니다. 사람들은 터민스가 매수되었다거나 살해 협박당하고 있다거나 하는 말들을 해댔습니다. 그러나 그중 어느 것도 사실이 아니었습니다. 터민스는 엑스에 의해 활성화되었을 뿐이었습니다. 뛰어난 웅변가의 발화 패턴을 마스터하고 그 펜의 움직임을 장악한 후 고도로 정교해진 차별 출력장치가 그의 모든 말을 돌이키도록 강요했습니다. 터민스는 마음으로는 여전히 모든 엑스를 미워하고 저주했지만, 정신과 분리된 그의 근육은 새로운 윤리적 기계를 만들기 위한 캠페인을 수행하면서 분명하고 격렬한 수사법을 사용했습니다. 처음에는 이 위대한 사상가의 숭배자들이 지도자의 배신을 믿지 못하고 필사본이 위조되었거나 바꿔치기되었다고 주장했지만, 사진으로 복제되어 시청의 유리 상자에 전시되기까지 한 그의 서명 원고는 가장 악명 높은 회의론자들조차 침묵시켰습니다. 참수당한 협회는 점차 무너져내렸는데, 무엇보다 새로운 기계 건설과 관련된 전망이 이제 많은 사람에게 매력적으로 보였기 때문입니다. 그렇게 정부는 징병의 짐을 건강한 시민의 어깨에서 엑스로 활성화된 광인의 어깨로 옮기겠다고 약속했습니다. 사회 윤리와 보건의 관점에서 볼 때, 적합한 사람보다 부적합한 사람을 희생하는 것이 더 합리적이라고 선언한 것입니다. 그렇게 많은 건강한 사람들이 처음엔 부자연스럽고 우스꽝스럽게 여겼던 '윤리적' 기계라는 명칭이 이제는 정당해 보였고 전혀 우스꽝스럽지 않았습니다.

엑스의 도시들이 성장하고 또 성장했습니다. 이제 질문을 던질 때가 된 것으로 같습니다. 엑스들이 왜 그렇게 많았을까요? 일련의 미치광이들만을 대상으로 한 것이었다면 지나치게 많은 것 아닌가요? 그러나 모두가 건설에 대한 열광에 사로잡혔습니다. 마치 에테르 바람이 한계선을 넘어 세상의 모든 비판과 회의를 휩쓸어버린 것만 같았습니다. 제 말조차 쓸어버리지 않을까 두렵습니다……

다스는 지팡이로 가로 대시(-)와 점(.)을 툭툭 두드리던 팔을 갑자기 멈췄다. 그는 이야기를 그치고 둥근 렌즈로 우리를 불안하게 보았다.

"예, 분기점을 거의 놓칠 뻔했군요. 내가 보기에 이 테마는 이제 두 갈래로 나뉠 수 있겠습니다. 엑스를 더욱 완벽하게 만듦으로써, 에테르 숨결을 회오리바람으로 바꾸어 모든 자연적인 생리 신경분포가 무력한 것이 되도록 하는 겁니다.

그러나 그렇게 되면 나는 '사실 포식자'라는 부수적인 주제와 작별해야 할 것입니다. 안 될 말이죠. 형상은 일단 도입되면 끝까지 살아남아야 합니다. 플롯의 구조는 엑스의 구조와 같습니다. 활성화는 가능하고 비활성화는 불가능합니다. 그래서 나는 이 테마를 통해 삼각돛을 달고 역풍 항해를 시도해보려 합니다. 자 그럼."

노토티의 세균 실험실은 쉬지 않았습니다. 더 안정적이고 다양한 진동파지를 얻는 일은 조수들에게 위임해두고서, 노토티 자신은 사실 포식자에 대한 면역이 가능한지의 문제를 다루었습니다. 곧 두 가지 작업이 어느 정도 완료되었습니다. 우선 그의 조수들은 수분 손실과 온도 변화를 견딜 수 있고 지나치게 긴 시간이 아니라면 뇌 외부나 그 어떤 환경에서도 생존력이 보장되는 극도로 저항력이 강한 품종을 얻었습니다. 다른 한편 노토티는 새로운 화합물을 발견하고 그것을 이니트(INIT)† 라 불렀습니다. 이 화합물은 혈액에 주입되면 뇌에 침투하여 뇌를 전혀 손상하지 않으면서 진동 파지를 죽이는 동시에 유기체 자체는 이니트가 도입된 후 진동파지에 대해 영구적으로 면역되는 것으로 밝혀졌습니다. 이니트에 대한 적합성 시험을 진행했습니다. 엑스로 활성화된 폭력적인 미치광이 몇몇에 이니트를 주입하자 그들의 오래된 질병이 뇌에서 분출되어 근육에

---

† '들어가다' '시작하다'는 뜻을 가진 라틴어 inire에서 유래한 단어로 보인다.

범람했습니다. 실험실 바닥에서 경련을 일으키며 입에 거품을 문 실험자들은 즉시 파괴되었고 시험 결과는 성공적인 것으로 인정되었습니다. 투투스의 요청에 따라 노토티 교수가 이니트 제조에 착수했습니다. 정부 최고위원회의 차기 비밀회의에서 투투스는 치아 충전재를 번쩍이면서 다음과 같이 보고했습니다.

: 에테르 바람을 미치광이에게만 적용하도록 제한하는데 내가 동의한다면 나는 내가 미친 게 아닌가 하고 생각할 것입니다. 보이지 않는 엑스들의 숲은 매일 성장하고 있습니다. 나는 이미 오래전에 근육계를 조정하는 인공적인 방법을 거부했습니다. 사실, 모든 근육 네트워크는 뇌에서 분리된 경우, 해당 주파수에 맞춘 신경분포로 활성화될 수 있습니다. 우리의 엑스들은 각각 특정 주파수에 맞게 설계되었으며 일단 실행되면 해당 주파수에 맞춰진 일련의 사람들을 활성화합니다. 물론, 그들의 근육 수용체가 내부 신경분포, 즉 이제껏 우리를 아주 성가시게 해왔고 또 앞으로도 여전히 불쾌한 일을 겪게 할 것이 염려되는 그 빌어먹을 '선한 옛 뇌'로부터 단절되었다는 가정하에 말입니다. 요약하겠습니다. 우리나라는 모두 알고 있듯이 온갖 종류의 통조림 식품, 추출물, 말린 과일 및 압축 영양소를 세계 시장에 공급합니다. 이 신종 진동파지는 압력, 탈수 등을 견

딜 수 있으며 충분히 생존력이 강하여 전 세계 소비자의 유기체에 도달해 혈액을 따라 뇌에 전달될 수 있습니다. 물론 이니트는 우리들을 위해서만 남겨둘 것입니다. 각료 여러분, 이 모든 것이 우리에게 가져다줄 이점이나 이니트와 엑스 사이에서 찾아야 할 새로운 세계 상황에 대해, 굳이 설명할 필요는 없을 것 같군요.

이후 곧, 무수한 진동파지 배양물이 육수용 큐브로 압축되고, 온갖 종류의 식품 안에 건조 및 냉동되고, 수백만 개의 캔으로 봉인되어, 이렇게 표현해도 좋을지 모르겠지만, 자기를 삼킬 수백만 명의 신뢰할 만한 입을 향해 돌아다녔습니다. 어떤 조수도 용인하지 않고 노토티가 직접 매우 천천히 만든 첫 이니트 몇 그램은 소수의 통치자와 그들의 측근들로 이루어진 범위를 벗어나지 않았습니다. 엑스에게 모든 미치광이를 위탁한 이 사람들은 우선 가장 건전한 사람들, 즉 자기들 자신을 면역화하여 기계에 활성화될 가능성을 차단하기로 했습니다. 물론, 미래에 더 많은 양이 사용 가능해지면, 엑스를 구축하는 데 돈을 댄 국가의 온전한 권한을 지닌 시민들에게 중심부부터 주변으로 서서히 이니트 할당을 확대하기로 결정했으나…… 갑자기 노토티가 사망했습니다. 그는 비밀 실험실의 화학 유리 조각들 사이에서 부은 목과 부풀어오른 하얀 눈으로 발견되었습니다. 이니트 제조에 대한 어떤 메모나 공식도 찾을 수 없었습니다. 노토티가 항상 가지고 다니던 이니트 몇 그램이 들어 있던(누구에게도 노출하지 않고 투투스와 비밀 위원회 위원들만이 이에 대해 알고 있던) 유리 약병도 사라졌습니다. 투투스조차도 동요하고 당황했습니다. 평의회 긴급 회동에서, 이제껏 대답만 겨우 하거나 아예 대답하지 않는 데 익숙했던 그가 처음으로 질문을 던졌습니다.

"이제 뭘 해야 하죠?"

그때, 모인 사람 중 가장 나이 어린 제스라는 젊은이가 일어섰습니다.

"왜 제즈라 하지 그러시오?" 의장 제즈가 자리에서 벌떡 일어나 어리둥절한 듯 미소를 지으며 우리 모두를 둘러보았다. 구상자들은 서로를 바라보았다.

그러나 다스는 계속 톡톡 두드리면서 점을 찍었다.

자, 이미 말씀드렸듯이 제스라는 사람이 일어섰습니다. 지금까지 그는 자신을 드러낼 만한 일을 한 적이 거의 없었습니다. 그는 똑똑했지만 잔인했습니다. 환상적인 이야기에 빠짐없이 등장하는 전통적인 악당에 대해선 그 캐릭터를 누구이 설명하는 대신 이렇게 도식화해서 설명하고 넘어가겠습니다. 네, 네. 그는 답을 내놓았습니다.

"엑스들을 실행하도록 하십시오. 그들 모두. 당장."

장내가 술렁였습니다. 투투스는 반대했습니다.

"하지만 면역 프로그램은 결국 실행되지 못했지 않습니까. 따라서 모두가 엑스에 활성화될 수 있고……"

"오히려 좋습니다. 관리자가 적을수록 관리 용이성이 커집니다. 그리고 이니트가 사라진 사실을 고려해야 하지 않습니까? 이니트의 비밀과 함께 우리의 구상도 낯선 자들의 손에 들어갈 수 있습니다. 이미 그렇게 된 것이 아니라면 말이지요. 우리가 지체하면 우리 구상에 대한 소문이 국경 너머로 퍼질 것이고, 그 이전에라도 우리 동포들이 상식을 조금이라도 가지고 있다면 엑스도, 우리 모두도 재빨리 해치울 수 있을 것입니다. 아니면, 설마 그들이 면역과 관련해 우리를 용서할 거라고 보시는 건 아니겠지요?"

"맞는 말입니다만," 투투스는 망설였습니다. "엑스를 출시하기에는 너무 이릅니다. 간균은 아직 전 세계의 모든 두뇌에 도달하지 못했습니다. 그리고 나는 우리의 대단히 강력한 엑스가 모두 한 번에 출시되더라도 인류의 3분의 2 이상이 자기 활성화 영역에 포함되리라고 확신할 수 없습니다. 개별 근육 조직의 편차가 발생할 수 있어서 모두를 시리즈별로 분류하기도 어렵습니다."

"아주 좋습니다." 제스가 말을 낚아챘습니다. "전 세계

근육의 3분의 2, 이 정도면 활성화되지 않은 사람들을 삶으로부터도 배제하기에 충분합니다. 깔끔하게. 구체적으로 다음과 같은 결정을 제안합니다. 첫째, 간균 통조림 식품을 국내 시장에도 출시하십시오. 최저 가격으로 말입니다. 둘째, 비용이 얼마가 되더라도 수일 내에 최종본 초고성능 엑스 건설을 완료하십시오. 셋째, 완료 즉시 과학에서 정치로 넘어가십시오."

그러나 사건은, 간균이 생각을 앞질러 두뇌로 침투할 수 있다는 투투스의 의견에 동의해 그것을 계산에 넣었던 제스의 예상보다도 훨씬 더 빠르게 다가오고 있었습니다. 긴급회동 다음날 아침부터 노동자들은 외부화장치 건설 현장에 나타나지 않았습니다. 거리에는 어떤 적대적인 술렁임이 감지되었습니다. 막 인쇄된 불법 전단지가 손에서 손으로 전달되었습니다. 도시 밖에서는 시위가 들끓었습니다. 운집한 자들을 포위하기 위해 파견된 군대는 명령에 불복종했습니다. 제스는 일분일초가 중요함을 깨달았고, 이에 의회를 소집하느라 시간을 낭비하지 않고 열두 명의 추종자들과 함께 신경분포장치의 투명한 돛대가 서 있는 보이지 않는 도시로 달려갔습니다. 아무도 그들을 막지 않았습니다. 기계에 복무하는 직원 전체가 시위에 참석했기 때문이었습니다.

전단지가 불러들인 군중은 도시 경계 바로 밖에서 시작

131

되는 거대한 도랑에 머리를 맞대고 모였습니다. 연설자들은 새처럼 나무에서 소리쳤습니다. 일부는 반쯤 밝혀진 것으로 보이는 음모에 관한 것이었고 일부는, 누가 알겠습니까마는, 낭비되는 공적 자금에 관한 것이었으며 또다른 일부는 반역 행위에 관한 것이었고 마지막은 복수와 보복에 관한 것이었습니다. 휘저어놓은 개미집에서 주먹과 막대기가 튀어나왔고 찬양의 함성과 저주의 포효가 굴러갔습니다. 소음으로 인해 갑자기 공중을 꿰뚫는 조용하고 유리처럼 가는 소리를 아무도 듣지 못했습니다. 갑자기 이상한 일이 일어나기 시작했습니다. 군중 일부가 갑자기 분리되어 시위대를 떨어져나와 거리로 돌아갔습니다. 나무 위에 앉은 연설자들은 자기들의 말이 사람들을 행동하도록 만들었다고 생각했지만, 이는 착각이었습니다. 그것은 첫번째 최신형 엑스들이 한 일이었습니다. 군중은 침묵했습니다. 이제는 신경분포장치의 뒤엉킨 벨소리가 분명히 들렸습니다. 그런다음 또다른 소리가 날카롭게 진동하며 울리자 새로운 행렬이 마치 자석이 쇳가루 빨아들이듯 사람들을 빠르게 끌어모았고 첫번째 행렬 쪽으로 90도 각도인 코너부터 시위대를 이탈했습니다. 떡갈나무 가지에 앉아 있는 젊은 선동자조차도 이제는 이 사람들이 복수와 파괴에 마음이 기울지 않는다는 걸 알 수 있었습니다. 활성화된 이들은 모두 어딘가 이상하게 팔꿈치를 몸에 붙인 채 기계적으로 정확하게 발걸음을 내디디며 함께 행진하고 있었습니다. 원망과 분노로 거의 울먹이는 젊은 선동가는 후퇴하는 이들에게 소리쳐보았지만 보이지 않는 무언가가 그의 근육을 장악하고서 주먹을 풀게 하고 팔꿈치를 몸 쪽으로 당기는 것을 느꼈습니다. 균형을 잃은 젊은이는 땅으로 떨어졌으나 이미 비명을 지를 수도 없었습니다. 보이지 않는 무언가가 위턱을 아래턱에 꽉 누르고 비명을 멈추게 하고 다친 다리의 근육 가닥을 밀어붙여 무릎을 구부렸다가 펴게 하고 또 그를 행렬에 합류하도록 만들었습니다. 증오와 무력한 분노가 그의 영혼에 들끓었습니다. '집에 가면 총을 가지고…… 그때 어디 보자.' 그의 뇌는 반란을 일으켰으나 그의 근육은 그를 집 반대 방향으로 움직였습니다. '나는 어디로 가고 있는가?' 고립된 생각이 그의 마음으로 돌진했고, 그동안에 그의 발걸음은 마치 대답이라도 하듯 그 생각의 주인을 천천히, 초당 두 번의 타격으로, 보이지 않는 도시를 둘러싼 금속 울타리로 인도했습니다. 선동가는 '오히려 나도 원하던 것'이라고 크게 기뻐했습니다. 그러면서 거의 관능적 만족에 젖어 무엇으로라도 투명한 실을 때리면 어떻게 될까, 유리 기둥을 파고 지하 회전자에서 전선을 끊으면 어떻게 될까를 상상했습니다. 그의 발걸음은, 마치 이에 동의하는 것처럼, 그를 아직 완성되지 않은 초강력 슈퍼 엑스의 가장 큰 신경

망으로 이끌었습니다. 젊은이는 온 힘을 쏟았습니다—
신비한 무언가가 그를 돕고 있는 것 같았습니다—그의
손은 나사가 반쯤 조여진 유리 기둥을 잡았고 마치 실
수로 매끄러운 표면에서 미끄러지는 것처럼 천천히, 그
러나 체계적으로 유리 기둥을 마저 조이기 시작했습니
다. 그제야 이 불행한 사람은 현장 주변에 기계적으로
배치된 다른 사람들과 함께 자기 자신도 엑스의 구축
완수를 위해 그곳에 있다는 것을 깨달았습니다.

보이지 않는 도시에 불기 시작한 에테르 바람은 곧 노
토티-투투스 계획을 품은 나라에 인접한 모든 국가의
헌법을 뒤집었습니다. 몇 번의 에테르 폭발로 몇 번의
혁명이 이루어졌습니다. 제스는 이를 '기계가 만든 혁
명'이라고 불렀습니다. 이 과정은 매우 간단했습니다.
엑스는 마치 줄로 꼭두각시 인형을 움직이듯이 사람들
의 근육을 끌어당기면서 수도 중심의 특정 반경에 그들
을 집단으로 몰아넣은 다음, 국가기관과 궁전을 둘러
싸게 하고 그 꼭두각시 인형들이 마치 한 사람처럼 뭐
든 단순한 두세 마디 말로 된 표어를 일제히 외치게 했
습니다. 신경분포장치에 의한 활성화를 피한 사람들은
기계의 에테르 촉수로부터 더 멀리 도망칠 수밖에 없었
습니다. 그러나 곧 슈퍼 엑스가 완성되어 출시되었고,
대양 건너에 있는 근육들에까지 도달했습니다. 무질서
한 군중 속에 웅크리고 있던 도망자들은 저항군을 조

직하려 했습니다. 그들은, 규칙적으로 움직이고 직선으로 걸으면서도 스스로 방향성을 지니지 못하는 '새로운 사람들'에게는 없는, 움직임의 유연성과 복잡성과 같은 몇몇 이점을 가지고 있었습니다. 이제 활성화되지 않은 자들에 대한 체계적인 박멸이 시작되었습니다. '새로운 사람들'은 마치 제초기가 무르익은 들판 위를 이 끝에서 저 끝으로 움직이듯 모든 생물을 길에서 쓸어내면서 완벽하게 곧은 대열로 걸었습니다. 치명적인 두려움 속에서 사람들은 숲속 깊은 곳으로 숨거나 땅에 굴을 파고 들어갔습니다. 일부는 새로운 사람들의 자동적인 움직임을 모방하면서 죽임을 당하지 않기 위해 그들의 대열에 합류했습니다. 우리의 제스가 한때 말했듯이, 인간 쓰레기 청소 작업은 엑스에 면역된 이삼백 명에 속하는 특별 관찰자들에 의해 현장에서 모니터링되었습니다. 에테르 빗자루가 청소를 끝냈을 때, 모든 영토는 하나의 세계국가로 통합되었으며, 기계 이름과 시약 이름을 묶어 이름이 주어졌습니다. 엑시니아(Exinia).

그후 독재자 제스는 평화로운 건설로의 전환을 발표했습니다. 무엇보다 먼저 투투스 시스템의 기계를 고도의 자동화로 매우 정확하게 정비할 수 있는 인간적 장치를 만들어야 했습니다. 쿠데타와 투쟁 기간에는 똑같이 예방 접종을 했던 소수의 공무원이 직접 기계를 관리해야만 했거든요. 엑스를 실행하려면 시스템의 복잡한 움직임과 그만큼 복잡한 신호를 고려해야 했습니다. 그런데 투투스의 마지막 창조물, 즉 모든 엑스를 운영하는 엑스가 마침내 완성되어 과두 집권층이 신경분포를 제공하는 힘들고 신경 쓰이는 작업에서 대부분 해방되었던 것입니다. 두번째 개혁은 엑시니아에서 공교육을 폐지하는 것이었습니다. 즉, 이것저것을 다 신경분포장치가 행할 수 있다면, 사람들에게 이것저것을 가르치는 것이 전적으로 불필요하게 보였던 것입니다. 대신 공교육에 할당된 예산 자금은 보이지 않는 도시에 집중된 단일 중앙신경 시스템 개선을 위해 지출되었습니다. 한편, 각 엑스 인간마다 잠재적 근력이 고려되었습니다. 중앙엑스의 컨트롤 키 앞에 앉은 제스는, 자신이 적절하다고 생각하는 대로 분배 또는 재분배하기 위해 이러저러한 작업에 필요할 근력의 양을 항상 정확히 알고 있었습니다. 곧 엑시니아의 도시들은 엄청난 규모의 웅장한 마천루로 꾸며졌습니다. 그들은 모두 에테르 파동 라인에 맞춰 단일하게 설계되었습니다. 주거용 건물부터 공장까지 왕복으로 볼링 레인처럼 곧게 난 거리는 모두 자오선, 경도선과 평행하게 뻗어 있었습니다. 신경분포장치가 얻을 수 있는 모든 힘을 가져가버린 노동자들은 넓고 밝은 궁전에서 살았고 풍족한 음식을 얻었으나 이것이 그들을 행복하게 만들었는지는 알 수 없습니다. 그들의 정신은 외부 세계와 단절되고 근육과 분리된 뇌에 고립된 채 자기 존재에 대해 어떠한 신호도 내놓지 않았습니다.

정부는 삶의 완전한 엑스화 계획을 꾸준히 실행에 옮기면서 그것을 지속하기 위해 골몰했습니다. 사랑 계획기구는 한 기의 엑스, 소위 짝짓기 엑스를 더 구축할 것을 요청했습니다. 이 엑스는 주기적이고 짧지만 강력한 에테르 폭발로 남성을 여성 위에 던지고 정확한 계산으로 커플을 결합 및 분리하여 가장 적게 시간을 사용하여 가장 많은 임신이 이뤄질 수 있게 할 것이었습니다. 한편, 예방접종자 중에 제스의 개인 비서도 있었는데, 그는 머리 모양이 여기 우리 쇼그 같았습니다. 적당한 이름 찾느라 시간을 낭비하지 말고 그냥 그를 샤그라고 부르겠습니다.

"당신은 이름을 짓는 데 다소 예의가 없군요." 의자에 앉아 있던 쇼그가 움찔했다. "당신에게 조언을 하자면 말입니다……"

"주목! 여기서 논평할 권리는 오직 나에게만 있소." 의장 제즈가 목소리를 높였다. "이야기를 계속하시오."

자, 여기 이 샤그는 온갖 엑스화가 진행되기 한참 전부터 그의 유쾌한 특성에도 아랑곳하지 않고 그에게 관심조차 주지 않는 어떤 여성 때문에 헛되이 한숨 짓고 있었습니다. 샤그는 다음과 같이 하기로 결심했습니다. 엑스에게 도움을 청하기로 말이죠. 기계로서는 다 마찬가지였습니다. 젊은이가 정한 시간이 되어 기계가 여자를 지정된 장소로 데려갔으나 정작 기계도 자리를 뜨지 않았습니다. 불안하고 의심 많은 젊은이는 사랑 가운데서도 그것을 느낄 수 있었습니다. 그는 거의 환각에 가까운 선명함으로 강철 회전자가 돌아가는 소리, 진동전류를 차단하고 연결하는 소리, 단조롭고 가는 휘파람 소리를 들을 수 있었습니다. 그렇습니다, 친구들이여. 기억합니까? 무명씨의 첫날, 레이스 반구의 끈을 계속 잡아당긴 바람은 사실 공기로만 그들을 채울 수 있었습니다. 엑스는 무엇이든 원하는 대로 만들어낼 수 있었지만 감정만은 불가능했지요. 다음날 아침, 우리의 딱한 쇼그, 아, 아니지, 미안합니다, 샤그는 우울하고 말이 없었습니다. 그에게 우호적이던 상사는 두 손을 비비며 세계의 재편이 대략 완료된 것 같다고 자랑스럽게 말하다가 샤그의 침묵과 우울한 눈빛과 마주쳤습니다.

수개월 수년 동안 계량기에서 측정되어 정확하게 투약되고 배포된 현실이 찾아왔습니다. 거의 천문학적으로 정확하게 미리 계산된 역사는 통치하는 이니트(INIT)와 통치 대상인 엑손(EXON) 두 부류의 도움으로 실행되는 일종의 자연과학이 되었습니다. 팍스 엑시니아는 그 무엇으로도 훼손될 수 없을 것 같았지만 그럼에도 ……

최초의 '계획 이탈자'는 최고위원회 회의에서 규정된 대로 활성화된 세계에서 우연한 예외처럼 보였습니다. 예를 들어, 다리가 나오면 그것을 따라가는 대신 (부정확하게 신경분포되었을 것이 분명한) 특정 엑손들은 그것을 가로질러갔습니다. 그런 식으로, 상당한 숫자의 탈락자들이 근육 재고분에서 제거되어야 했습니다. 엑스의 감가상각 계수는 다소 높아졌습니다. 그러다 짝짓기 엑스가 작동을 멈췄습니다. 인간 수확량에 대한 예측은 적절하지 못한 것으로 드러났습니다. 출생률이 상당히 낮아졌습니다. 이 모든 게 별것 아닐 수도 있지만, 엑시니아의 '기계' 전체를 운영하는 신경분포장치의 운영상에 기술적으로 예상치 못한 편차와 불규칙성이 드러나면서 상황은 불안해졌습니다. 질문에 휩싸인 투투스는 생각에 잠겨 고개를 흔들더니 마침내 이렇게 선언했습니다.

"기계를 점검하려면 방법은 하나밖에 없습니다. 기계를 멈춰야 합니다."

긴 회의 끝에 엑시니아 사람들은 테스트를 위해 1호기 엑스의 중단을 결정했습니다. 그들이 1호기 엑스를 선택한 이유는 첫째, 가장 오래 가동되어 가장 자주 오류를 일으켰고, 둘째, 여러분도 기억하듯, 광인이 활성화된 기기라서, 그들을 희생시키는 것이 가장 인도적으로 보였기 때문입니다.

지정된 날짜와 시간에 1호기 엑스는 신경분포 공급을 중단했고 갑자기 수백만의 사람이, 마치 바람을 빼앗긴 돛처럼, 순식간에 쓰러졌고 아래로 힘없이 축 처졌습니다. 어디에 있든 그 자리에서 고꾸라져 땅에 드러누웠습니다. 일부 이니트들은 폐기가 결정된 이 엑손들 옆을 지나가면서 움직이지 않는 시체에서 움직이는 눈, 전율하는 속눈썹, 숨쉬는 콧구멍을 보았습니다(특정 소근육은 사회에 해를 끼치지 않는 선에서 엑손들이 마음대로 사용할 수 있도록 그들의 처분에 맡겨졌습니다). 사나흘이 지나자, 코를 막지 않고는 움직임 없는 인간의 육체 옆을 지나갈 수 없었습니다. 그것들이 산 채로 썩기 시작했기 때문입니다. 기계 점검이 아직 끝나지 않았기 때문에 공공 위생을 위해, 속눈썹을 떠는 이 인간들을 모두 구덩이에 버려야 했고, 그 위에 땅을 평평하게 덮어야 했습니다.

한편, 1호기 엑스를 가장 작은 단위로 분해해 길고도 철저하게 검사한 결과 전혀 예상치 못한 결과가 나왔습니다.

"신경분포장치는 완벽하게 작동합니다, 과거에도, 지금도." 수석 전문가로 임명된 투투스가 자랑스럽게 발표했습니다. "기계에 제기된 혐의는 거짓된 것입니다. 하지만, 이 원인이 엑스에 있지 않다면, 그 원인은 엑손에게서, 그들의 정신적 고립과 방치에서 찾아야 할 것입니다. 나는 최근에 아주 기본적이어서 하나의 지표가 되는 사건을 관찰했습니다. 기계 손잡이 옆에서 손잡이를 오른쪽에서 왼쪽으로 돌리도록 신경분포된 엑손이 실제로는, 마치 서로 반대되는 두 개의 신경분포가 그의 근육에 작용하는 것처럼, 레버를 오른쪽으로도 왼쪽으로도 돌렸습니다. 그렇습니다. 그들의 두뇌가 세상에 접근하는 것을 우리가 차단해버리면 우리가 그들의 정신을 관찰하는 것 또한 차단됩니다. 열쇠로 잠긴 방의 문턱을 넘을 수 없습니다. 내부에서도 외부에서도. 물론 나는 야만적인 옛 시대에 '내면세계'와 같은 터무니없는 이름에 대한 권리를 주장했던 그 모든 영혼 따위의 부속물에는 관심이 없습니다."

"하지만 당신도 관심 없잖아, 다스." 쇼그의 항의하는 목소리가 이야기에 타격을 가했습니다. 의장의 경고 제스처에도 불구하고 쇼그는 불타오르는 얼굴을 자신이 방해한 화자에게로 돌리고서 서두르는 말투로 자기 말을 거의 삼키다시피 하면서 이야기의 측면을 공격했습니다. "그래요. 당신은 당신의 투투스들이나 제스들처럼 이 환상극을 통틀어 유일하게 흥미로운 것이라 볼 수 있을 근육이 없는 정신의 문제, 실행력이 제거된 영혼의 문제에 관심이 없습니다. 당신은 내부가 아닌 외부에서 사실로 들어가지요. 당신은 당신의 박테리아보다 더 나쁩니다. 그들은 사실을 삼키고 당신은 사실의 의미를 삼킵니다. 엑스 이야기 말고 엑손 이야기를 들려주시오. 그러면……"

상상해보십시오. 나의 샤그 역시 같은 의견이었습니다. 내가 이미 서술한 바 있는 그 회의에서 투투스의 연설이 끝나자, 그는—상사로서는 다소 예기치 않게—자리에서 벌떡 일어나서 눈을 번쩍이며 무언가를 말하기 시작했습니다…… 하지만 쇼그 덕분에 그 '무언가'를 내가 반복하지 않아도 되겠군요. 고맙습니다. 계속하겠습니다. 자, 여러분도 알고 있어야 할 것은, 내가 이미 그 존재를 밝혔던 여기 이 샤그가 자기 여가를 소설 쓰는 데 바쳤다는 사실입니다. 물론 은밀하게, 그리고 순전히 '자신을 위해서'였습니다. 엑스의 시대에 문학은 '내면세계'와 함께 완전하고 깨끗하게 잘려나간 존재였고…… 그러니 다른 이를 찾는 것도, 문학도 안 될 말이었습니다. 샤그의 단편 중 하나인 「단절된 사람」은 보이지 않는 도시에서 쿠데타가 일어나던 순간까지 새롭고 위대한 의미를 발견하기 위해 자신만의 체계를 완성해나가고 있던 뛰어난 사상가를 다룹니다. 갑자기 자동인형 대열에 합류한 그는 그들과 함께 대여섯 번의 동작으로 된 어떤 단순한 일을 매일매일 똑같이 수행하느라 온 세상을 구원할 사상을 내놓을 힘이 없었습니다. 행동과 생각, 구상과 구체화가 분리된 세상에서 그는 보시다시피, 단절된 사람이었습니다.

또다른 스케치에서는 영혼 깊은 곳에서 손톱 끝까지 아름다운 여인 이야기가 펼쳐졌습니다(전기(傳記)는 종종 요청하지 않은 데까지 갑니다). 기계가 그 여인에게 한 남자를 배정했는데 이 남자는 한때 그 여인이 마음을 내주었던 사람이었지만 '그'는 이 사실을 몰랐고 알래야 결코 알 수도 없을 것이었습니다. 이 이야기에는 줄을 그어 지운 단어가 많고 잉크 얼룩도 많이 포함되어 있어 더 자세히는 알 수가 없습니다.

마지막으로 우리 작가의 '매력적인 재능'은 실존과 (엑스화된) 기계를 동시에 마주한 어떤 삶에 주목했습니다. 말하자면, 천천히 청년으로 성장해가는 소년의 이야기인데, 자신이 이미 엑스에 활성화되어 있음을 발견한 자의 각성을 다룹니다. 이 존재에게는 엑스를 넘어서는 세계가 존재하지 않습니다. 그에게 있어 엑스는 초월적입니다. 우리가 우리 주변의 물체와 몸을 보는 것처럼 그는 자기 행동을 외적인 것으로 봅니다. 그는 자기 몸이 자신의 의식에서 밀려나 전혀 연결되어 있지 않다고 생각합니다. 요컨대, 그는 모든 객관적 현상을 조건화하는 기계의 작동을 시간과 공간과 동등한 입장에서 제3의 칸트식 감성형식[†]으로 봅니다. 게다가, 의

[†] 칸트가 감성의 형식으로 제시하는 것은 바로 '공간'과 '시간'이다. 감성에 주어지는 모든 대상은 항상 '공간'과 '시간'을 배경으로만 출현할 수 있다.

지에서 행동으로, 개념에서 실현으로의 전환 가능성을 전혀 모르는 이 소년의 엑스를 닮은 사고는 자연히 계획과 의지의 세계가 그 자체로 존재한다는 인식 즉, 극단적인 영성주의로 귀결됩니다. 그렇지만 샤그는 자신의 주인공을 이 폐쇄된 원 밖으로 한 발 한 발 끌어내어 엑스식 논리의 한계를 넘어 자기만의 엑스를 찾고 발견하도록 강요합니다. 작가는 이전 이야기에서와 같이, (매우 드문 일이긴 해도) 마음에서 생긴 소원이 밖에서 엑스의 행동으로 응답받는 행복한 우연의 일치를 통해 이를 달성합니다. 이런 우연한 조화의 순간을 목격함으로써 엑손은 그러한 예외가 규칙이 되는 다른 예지계를 꿈꾸게 되었습니다. 하지만 나는 이야기를 이어나가지 못합니다. 샤그도 끝내지 못했으니까요. 그때 제스가 라디오 텔레그램을 통해 지금 당장 오라고 요구했기 때문입니다.

상사에게 간 샤그는 사람들 가운데 그를 발견했습니다. 뭐 '사람들 가운데'라는 표현이 별로 적합하지는 않습니다만, 그는 팔걸이의자에 밀어넣어진 두 엑손 앞에 제스가 서 있는 것을 발견했습니다.

"마지막 회의에서 내가 자네를 제대로 이해한 게 맞는다면, 자네는 다른 세계로 들어가고 싶어하지. 문을 닫게. 좋아. 이제 이 둘의 영혼을 자네에게 활짝 열어보이겠네. 앉아서 잘 지켜보라고."

"하지만 이해할 수가 없군요." 샤그가 중얼거렸습니다. "곧 알게 될 거야. 두 시간 사십 분 전에 나는 그들의 혈액에 이니트를 거의 1그램씩 주사했네. 이 약병에는 그런 실험을 두세 번 더 할 수 있을 만큼 이니트가 충분히 들어 있지. 이니트는 세 시간쯤 지나면 효과가 나타난다네. 이제 주의를 기울이고 보라고."

"하지만 노토티는…… 그의 죽음은……" 샤그는 자기 두 눈이 마네킹과 제스, 테이블 위에 세워진 작은 약병 사이에서 갈 곳을 모르고 헤매는 것을 느꼈습니다.

"사소한 일에 대해 말할 것 없고. 봐, 하나가 움직이기 시작했어. 몇 분 전에 둘 다 비활성화했지. 즉, 자네도 알다시피……"

정말로, 마네킹 중 하나가 갑자기 이상하게 경련하며 가슴을 내밀고 주먹을 불끈 쥐었습니다. 그의 눈은 감겨 있었습니다. 그런 다음 입술 사이에서 거품이 일기 시작하더니 갑자기 눈을 뜨고 깜박임 없이 앞에 선 제스와 샤그를 멍하니 바라보았습니다. 오랜 세월 동안 근육에서 분리되었던 그의 뇌는 근육으로 가는 길을 모색하는 것 같았습니다. 그러다가 갑자기 접촉이 일어났습니다. 동물의 울부짖음과 함께 자리에서 벌떡 일어선 엑손은 두 걸음 떨어진 곳에 서 있던 제스를 공격했습니다. 순식간에 그들은 바닥을 구르며 테이블 다리에 부딪히고 가구를 넘어뜨렸습니다. 샤그는 공처럼 뒤엉킨 몸뚱이로 달려가 아직 손에 쥐고 있던 열쇠 머리를 휘두르다가 온 힘을 다해 엑손의 관자놀이를 내리쳤습니다. 상대방의 손아귀에서 풀려난 제스가 피투성이 입술로 숨을 헐떡거리며 힘겹게 일어섰습니다. 그의 첫마디는 이랬습니다.

"그를 끝내버리고 다른 하나도 묶어. 빨리."

샤그가 살아 있는 엑손의 손에 밧줄을 묶고 있을 때, 엑손은 길고 깊은 잠에서 깨어난 사람처럼 휘젓기 시작했습니다.

"다리를 묶으라고." 제스가 바닥에 피를 뱉으며 다급하게 말했습니다. "육탄전은 한 번이면 충분해."

손과 발이 묶인 남자는 마침내 눈을 떴습니다. 그의 몸을 조이는 경련은 거친 미치광이의 움직임과는 달랐습니다. 그는 비명을 지르지 않았고, 거의 개처럼 조용하고 애처롭게 끽끽거리고 흐느끼기만 했습니다. 파랗고 텅 빈 눈에서 눈물이 흘렀습니다. 서서히 정신을 차린 제스는 의자를 더 가까이 끌어당기고 묶여 있는 남자를 약간 애절한 미소로 바라보았습니다.

"샤그, 난 엑스 이전 시대에 그들 둘 다를 모두 알고 지냈네. 아직 살아 있는 이 사람을, 나는 거의 사랑한다고 말할 수 있을 정도였지, 지금 자네를 대하듯 말이야. 그는 아름다운 청년이었고, 철학자였고, 어느 정도는 시인이었지. 이 비활성화 실험을 위해 내가 선택한 대상에 편견이 있었다고 고백할 수밖에 없겠군. 가까운 사람들에게 이전의 기계화되지 않은 삶과 자유를 돌려주고 싶어서 그랬네. 자, 그리고 결과가 이렇네. 그러나 이것으로 우리는 다음과 같은 결론을 도출할 수 있지 않겠나. 요점은, 활성화 이전에 전적으로 건전한 정신과 단단한 사고를 지녔던 이 두 사람이 현실로부터의 파문을 견디지 못했다면 다른 정신들 또한 이를 견딜 수 없으리라 가정할 수 있다는 것이야. 요컨대, 우리는 광기에, 수백만 명의 정신이상자와 뇌전증 환자, 집착적 미치광이, 백치, 저능아에 둘러싸여 있지. 지금이야 기계가 그들을 복종시키지만, 그들을 풀어줄 경우. 이 미치광이들은 모두 우리를 공격하고 우리와 우리 문화를 짓밟지 않겠나. 그렇게 되면 엑시니아는 끝이지. 이와 함께, 나의 낭만적인 샤그, 자네에게 말해두어야 할 것이 있네. 이 실험에 착수하면서 나는 새로운 시대인 이니트의 시대를 앞당길 생각이었지. 노토티를 삶에서 분리하고 다른 이들을 자유에서 분리한 것이 나의 실수는 아니었을까 생각도 했거든. 하지만 이제는 이렇게…… 우리가 아까 난투를 벌이던 중 마지막 이니트 몇 그램이 들어 있는 약병이 결국 깨져버렸다네."

거리로 나온 샤그는 자동으로 길을 따라 돌아서서 어디로 가는지 모르는 채 걸었습니다. 일터에서 무리가 돌아올 시간이었습니다. 우리의 시인은 천천히 체계적으로 일 초에 두 걸음씩 행진하는 그들 집단에 빠져들었고 자신이 그들의 엄격하고 정확한 리듬에 얼마나 빨리 복종했는지 알아차리지 못했습니다. 그는 심지어 기계의 죽은 자극과의 접촉이 그에게 가져온 그 가볍고 영혼 없는 공허함이 마음에 들었습니다. 제스의 사무실에서 일어난 사건 이후, 그는 가능한 한 오래 생각하지 않고 싶었고 생각할 시간을 좀 벌고도 싶었습니다. 일부러, 마치 무슨 게임에 참여라도 한 듯, 주변에 있는 다른 이들처럼 팔꿈치를 몸에 딱 붙이고서 앞서 걸어가는 다른 엑손의 둥그스름한 뒤통수에 눈을 고정한 채 이렇게 생각했습니다. '그가 하는 대로, 모든 걸 그가 하는 대로 해야 한다. 그러면 간단해.' 리듬감 있게 흔들리는 동그란 뒤통수가 사거리에서 좌회전했습니다. 샤그도 좌회전했습니다. 둥근 뒤통수는 대로의 직선 구간을 따라 강철 굽은 다리까지 움직였습니다. 샤그도 따랐습니다. 그런 다음 돌난간 사이의 메아리 치는 언덕을 따라 걸었습니다. 갑자기 뒤통수가 마치 당구공처럼 오른쪽 난간에 부딪힌 다음 반사 각도로 튀어나와 왼쪽 난간에 곧바로 부딪혔습니다. 샤그도 부딪혔습니다. 이제 더 둥글고 붉어진 뒤통수는 난간 위에 매달렸다가 아래 포켓으로 뛰어들었습니다. 첨벙. 샤그 역시. 첨벙.

비서가 죽었다는 신경분포장치 담당 당직자의 보고를 받은 제스는 잠시 경련을 일으키며 눈썹을 치켜올리더니 곧바로 보고를 중단한 이니트를 올려다보았습니다.

"계속해."

그 '계속'의 내용은 매우 충격적이었습니다. 신경분포에 불복종하는 사례가 시간이 지날수록 증가하고 널리 퍼지게 되었습니다. 매우 정확하고 복잡한 근육 조정력이 요구되는 중앙 엑스를 담당하는 엑손 장치들은 작업에서 제외되고 파괴되어야 했습니다. 그들은 너무 위험해졌습니다. 이제 엑시니아를 위해 투쟁하던 시기와 마찬가지로 모든 장치의 조정판은 다시 이니트들의 것이 되었습니다. 캄캄하고 고된 날들이 눈앞에 펼쳐졌습니다. 일에 익숙하지 않게 된 응석받이 과두 지배자들은 교대 없이 거대한 도구의 조정판에 인공적 계산값을 두드려 넣어야 했습니다. 그러나 이전처럼 정확히 계산된 조화로운 결과는 얻을 수 없었습니다. 조정판이 급발동하여 신경분포장치의 자극이 엑손의 근육에 도달하기도 전에 에테르 상태에서 소멸해버렸고, 갑자기 복종을 거부하여 사실 조합의 점수가 실행값에 들어가지 않았습니다. 보이지 않는 도시의 투명한 돛대는 유리로 된 말벌떼가 앵앵거리듯 계속 소리를 냈지만 그들의 현명한 조화는 서로 부딪치는 에테르 파도더미에 허물어졌고, 저 악명 높은 팍스 엑시니아를 방해하고 왜곡했습니다.

이제 모든 이니트의 본거지가 된 보이지 않는 도시 주변의 빽빽한 철조망은 매일 강철 사슬을 뚫고 나오려던 엑손의 시체로 둘러싸였습니다. 이니트 중에서도 그 지역에서 감시자로 일하던 이들은 대부분 폭력적인 죽음을 맞이했고 나머지는 중앙으로 도망쳤습니다. 그들을 대신할 누군가를 교체 인원으로 보내기가 불가능해졌습니다. 이제 그 도시는 고립되었고 철조망, 광기, 무명으로 둘러싸여 있습니다.

자가 비활성화된 모든 엑손의 시체에 대해 부검이 수행되었으며, 이들의 뇌와 운동신경계가 주의 깊게 검사되었습니다. 곧 그들의 뇌에서 학문적으로 밝혀지지 않은 신비한 물질의 존재가 드러났습니다. 신경조직 내부에서 극소량 생성되어 자가 비활성화된 유기체에 점진적으로 축적된 이것은 일종의 보호 기능이 있는 내분비물이었고 엑스로부터 떨어져나오게 된 과정과 어떻게든 연관이 있었습니다. 제스는 화학 실험실 책임자를 불러 현상에 대한 정확한 설명을 요청했습니다. 모든 요점을 들은 후 그는 문진 아래에서 누렇게 색이 바랜 종이를 꺼내 화학자의 눈앞에 들이밀었습니다.

"노토티의 필체로군요." 그는 글자에서 급하게 눈을 떼며 혼란스럽게 중얼거렸습니다.

"나는 당신이 화학자라고 들었습니다만, 필적학자가 아니라. 이제 본론으로 들어가겠습니다. 이 화학 공식이 지금 새로 발견된 내분비물과 비슷합니까?"

"똑같습니다."

"고맙군요. 그렇다면 이 물질은 당신이 두번째로 발견했다고 말할 수 있습니다. 이름은 내가 붙였지요, 이니트라고."

최고위원회 마지막 회동에서 의견을 청취한 제스는 다음과 같이 요약했습니다.

"이렇게 인(IN)이 엑스(EX)에 대항하여 일어섰습니다. 이니트와 진동파지가 벌이는 전쟁의 결과는 자명합니다. 그러나 진동파지가 전선(戰線)을 열지 않는 한, 수백만의 광기가 근육으로 뚫고 들어오지 않는 한, 우리는 게임을 무승부로 가져갈 수 있습니다. 엑스를 중지할 것을 제안합니다. 지금 즉시, 단번에, 모두."

표결에 부쳤으나 모두 기권하고 말았습니다. 제스만 예외였고요. 그의 목소리만으로도 보이지 않는 도시의 모든 목소리를 막을 수 있었습니다. 엑스의 윙윙거리는 소리가 공기 중에 흔들리더니 서서히 잦아들기 시작했고, 반음계로 미끄러져 올라가다가 연기에 쫓기는 말벌 떼처럼 사라졌습니다. 그 순간에 수천만 명의 사람들이 땅에 쓰러져 아예 움직이지 못하거나 힘없이 몸을 떨었습니다.

이니트 무리는 이제 철조망 쳐진 감금 상태에서 벗어났습니다. 그들은 그룹으로 나뉘어 마지막 숨을 내쉬는 신체 사이를 통과했습니다. 탈출 3일째, 일부 그룹은 여전히 부패하는 시체 악취를 헤쳐나가고 있었고, 다른 그룹은 이미 사람이 없는, 아니 정확히 말해서 시체가 없는 곳에 도달했습니다. 하지만 이 이니트들이 피신한 숲과 동굴이 전적으로 황량한 것은 아니었습니다. 거기에는 이미 반야생적인 씨족과 무리, 야생과 덤불을 통과해 탈출한 사람들, 문화에서 추방된 사람들, 최초의 에테르 바람에 날아간 사람들이 살고 있었습니다. 그들은 보이지 않는 신경분포장치로 활성화될지도 모른다는 영원한 공포 속에서 변두리로부터도 최대한 먼 곳에 땅속을 파고들어 정착했습니다. 그들은 도시 옷을 동물 가죽이나 나무껍질 섬유로 대체한 지 오래였고 숲에서 자란 자식들에게 사악한 신 엑스를 이야기하며 겁을 주었습니다. 소수의 이니트는 멸종되거나 이 숲속 인간-동물군과 합쳐졌습니다. 그리고 완전한 원을 그렸던 역사의 수레바퀴는 다시 무거운 바큇살을 돌리기 시작했습니다. 그러나 무명씨라는 이름 뒤에 숨은 사람, 그러니까 떠올려보십시오, 내가 이야기했던 그 첫날 아주 보통 차의 아주 보통 바퀴 아래로 거의 넘어질 뻔한 그 사람이 실제로 그 바퀴에 치여서 자기 생각과 함께 납작하게 깔려버렸다면, 누가 알겠습니까마는, 아마도 모든 게 다른 방향으로 돌아갔을 것입니다. 하지만······

다스는 강철 와이어로 테를 두른 안경을 눈에서 빼내 몸을 구부리고서 갈색 스카프로 렌즈를 닦았다. 깜박이는 붉은 눈꺼풀에 싸인 그의 가늘게 뜬 눈동자가 갑자기 초점을 잃으면서 주제를 보는 것을 이제 멈춘 것 같았다.

잠시 침묵이 이어졌다. 그런 다음 의자들이 뒤로 밀렸다. 제일 먼저 문으로 간 건 라르였다. 이번에도 의장이 질문으로 내 길을 막을까봐 두려웠지만 제즈는 어떤 무거운 생각에 잠긴 듯 꺼져가는 벽난로를 바라보며 앉아 있었다. 나는 라르의 뒤를 따라 눈에 띄지 않고 소리가 들리지 않게 나갔다.

입구에서 그를 따라잡았다. 우리는 함께 근처의 황량한 밤거리로 걸어나갔다.

"내가 제대로 말할 수 있을지 모르겠군요. 당신은 대답하지 않아도 되지만 나는 묻지 않을 수 없습니다. 바로 당신에게. 당신은 그들 가운데 내가 인간이라고 생각하는 유일한 존재입니다. 질문, 해도 되겠습니까?"

"말씀하십시오." 라르가 고개를 돌리지 않고 말했다. 우리는 팔꿈치를 나란히 하고서 황량한 포장도로를 계속해서 걸었다.

"당신들, 자칭 구상자들 사이에서 어쩐지 이상한 기분이 들고 마음이 편치 않습니다. 나는 아주 단순한데, 당신들은…… 한마디로, 나는 이니트들 사이에서 엑손이 되고 싶지 않습니다. 당신들한테 왜 내가 필요합니까? 당신들은 자기들 문자를 죽이지만 내게는 아무것도 없습니다. 구상도 문자도. 나는 엑손이 되고 싶지 않단 말입니다!"

"당신은 믿을 만한 본능을 지니고 있군요. 엑손이라, 그거 나쁘지 않군요. 당신 물음에 대답할 권리가 내게 있는지 모르겠지만 어쨌든 한번 해보겠습니다. 모든 걸 나, 이 이니트 탓으로 돌리십시오." 나를 향해 고개를 반쯤 돌린 라르는 다정하게 살짝 미소 지으며 나를 바라보았다.

"당신을 탓하라고요?"

"그렇습니다. 내가 제즈와 실-바늘 논쟁을 시작하지 않았다면 우리 벽난로 앞에 여덟번째 팔걸이의자가 등장하지 않았을 겁니다."

"실과 바늘이라니요?"

"그러니까, 토요 정기 모임에 당신이 처음 나타나기 일주일 전, 나는 우리가 구상가가 아니라 그저 스스로 고립된 탓에 무해하게 지내는 괴짜일 뿐임을 증명하려고 노력했습니다. 텍스트 한 줄도 없는 구상은 실이 없는 바늘과 같다고도 주장했지요. 실 없는 바늘은 찌르기만 할 뿐 꿰매지는 않습니다. 나는 물질에 대한 두려움에 사로잡혀 있다면서 그들도 나 자신도 비난했습니다. 내가 했던 말이 생각났습니다. 물질 공포증. 그들은 나를 공격했는데 제즈는 누구보다 더 심했습니다. 나는 이렇게 변호했지요. 우리의 구상이란 것이 태양으로 검증되지 않았기 때문에, 구상이라고 할 수 있는지 의심스럽다고 밝혔습니다. '구상도 식물도 어둠 속에서 자랄 수 있고 이 경우 빛 없이도 식물학과 시학이 가능은 합니다.' 튜드는 이렇게 반박하며 제즈를 지지했습니다. 비유를 들어 이해를 돕는다면, 햇볕이 들지 않는 정원에서는 누렇게 뜬 싹만이 자랄 뿐이라고 나는 대답했습니다. 그런 다음 그들에게 빛 없이 꽃을 재배하는 실험에 대해 말했지요. 결과는, 흥미롭게도, 늘 극단적으로 길게 가지를 뻗지만, 아무튼 그렇게 빛을 보지 못하고 자란 표본이 일단 밤낮을 번갈아가며 사는 일반 식물과 나란히 빛 가운데 놓일 경우, 어둠 속에서 자란 이 식물은 단번에 그 연약함과 부실함과 창백함을 극명하게 드러낸다는 것이었습니다. 요컨대, 우리의 논쟁은 다음과 같은 질문을 제기했습니다. 우리의 구상은 빛의 실험을 견딜 수 있는가. 그것은 암실 밖에서도 효과가 있는가. 그렇게 외부에서 문자로 훈련된 일반 독자 가운데 한 쌍의 귀를 일시적으로 받아들이자고 결정했던 것입니다. 우리 서가의 비어 있음이 충분히 가시적으로 드러날 것인가. 페브는 이 지점에서 초조해하기 시작했습니다. 그는 말했죠. '어둠은 인간을 도둑으로 만들죠. 그것은 지극히 자연스러운 일입니다. 우리가 우리의 구상으로 머리 끝까지 가득 채워준 그 침입자가 그걸 가져가서 돈과 명예로 맞바꾼다면 어쩔 겁니까?' '말도 안 되는 소리.' 제즈가 말했습니다. '이 일에 딱 맞는 사람을 하나 압니다. 우리는 걱정 없이 우리의 모든 것을 그에게 공개할 수 있습니다. 그는 털끝 하나도 건드리지 않을 겁니다.' '하지만 어째서지요?' '왜냐하면 그는 그럴 재주가 없기 때문입니다. 피히테†가 순수한 독자라고 불렀던 존재이지요. 순수한 구상에 가장 잘 어울리는

---

†   요한 고틀리프 피히테(Johann Gottlieb Fichte, 1762~1814). 독일의 관념 철학자. 그는 강의록에 기초한 저서 『현시대의 특성』 (1806)에서 '순수한 독자'에 대해 말한다. 쓰인 모든 것을 따라잡기 위해 읽고 또 읽지만, 자기가 읽은 것을 전혀 고려하지 않는 사람에 관해 말하면서, 이런 식의 독서는 흡연처럼 중독이 된다고 경고한다.

선택이라 할 수 있겠습니다.' 자, 이게 답니다. 그럼 이만."

　　라르는 내 손을 꽉 쥐었다가 놓고는 모퉁이를 돌아 사라졌다. 나는 놀라서 잠시 멍하니 서 있었다. 라르는 떠났지만, 그의 말은 여전히 나를 맴돌았고 나는 거기서 어떻게 벗어나야 할지 알 수 없었다. 어느 정도 정신을 차렸을 때 나는 내가 어떤 실수를 저질렀는지 깨달았다. 할말을 다 끝내지도 못했고, 중요한 걸 다 묻지도 못했다. 어둡고 좁은 거리가 바늘에서 빠져나온 실처럼 내 앞에 펼쳐져 있었다.

　　　　　처음엔 문자 살해 클럽의 토요일 모임
에 더이상 가지 않으려 했다. 그러나 주말이 다가오자 라르
생각에 나는 마음을 고쳐먹었다. 독특한 개성을 지닌 이 남
자는 이미 첫날 저녁부터 나에겐 필요하고 중요한 존재로
보였다. 아무리 의미 없는 음절로 위장하고 있다고 해도 그
의 이름은 클럽 내 모든 이들의 이름 가운데 어떤 의미를 상
기하는 유일한 이름이었다. 물론 당국에 그 이름을 대봐야
주소를 알려주지는 않을 것이다. 나는 라르를 단 한 번이라
도 다시 만나서 끝까지 말해야 했다. 결국 그는 그들에 속하
는 이가 아니라 우리에 속하는 이다. 대체 그는 왜 살해하고
왜곡하는 자들 사이에 남아 있는 걸까? 처음에는 원고 때문

이었지만, 나중엔...... 라르와의 만남이 필요했다. 텅 빈 서가의 검은색 사각형 안에서만 그 만남이 가능한 만큼, 토요일이 다가오자 결국 나는 나 자신에게 마지막이라고 말하면서 클럽 모임에 참석하기로 결심했다.

다들 모여 앉은 곳에 내가 들어서니 평소 자리에 앉아 있던 라르가 놀란 표정으로 나를 올려다보았다. 나는 그의 시선을 붙잡아두려고 해봤지만, 그는 곧 완전히 신경을 끊고 무관심한 표정으로 고개를 돌려버렸다.

늘 하는 의식을 행한 후 오늘 말할 차례는 페브에게 돌아갔다. 살집이 많은 눈두덩이 사이로 간신히 뜬 페브의 작은 눈에는 교활한 빛이 감돌았다. 그는 의자를 돌려 앉았다. 지방과 근육의 무게로 의자가 삐걱거렸다.

"내 천식 말입니다만," 페브는 숨을 고르기 위해 애쓰며 말을 시작했다. "긴 이야기를 시작할 때면 그 천식은 영 호의적이지 않지요. 그래서 오래전 구상해둔 「세 입 이야기」를 간략하게 말해볼까 합니다."

이런 장면으로 시작해봅시다. '세 명의 왕'이라는 선술집에서 세 명의 남자가 마지막 남은 탈러†까지 탈탈 털어 술잔을 기울이며 기분 좋게 즐기고 있었습니다. 그들의 이름 역시 두 글자씩이면 충분합니다. 잉그, 니그, 그니라고 해두죠. 자정이 지났습니다. 병은 비어가고 영혼은 끝까지 채워져가는 시간이었습니다. 친구들은

† 근대 초기 신성로마제국과 합스부르크 왕국에서 주조된 큰 은화 중 하나.

술잔의 선율에 맞춰 각자의 방식으로 즐겼습니다. 잉그는 말하기의 달인이었습니다. 잔에 잔을 부딪치며 그는 건배를 제안하고 간단한 연설을 하고 성부들의 말을 인용하고 흥미진진하고 다채로운 이야기를 들려주었습니다. 니그는 키스를 쫓는 사냥꾼이었고 그에 대해 해박한 지식을 꿰고 있었습니다(그를 따라올 자가 없을 정도였죠). 지금도 그는 질문에 대답하고 건배에 응하기가 힘들었습니다. 입술이 작업중이었으니 말입니다. 그의 무릎 위에 앉은 뚱뚱한 아가씨가 키스로 돈을 받았다면 하룻저녁에 부자 신부가 되었을 것입니다. 그니는 말이나 키스가 필요하지 않았습니다. 빵빵하게 부푼 뺨은 기름으로 얼룩져 있었고, 입으로 거대한 양고기 뼈를 빨아먹으면서 이빨로는 참을성 있게, 부지런히 고기 껍질을 벗겨냈습니다.

니그가 퍼붓는 두 번의 키스 중간에 아가씨가 갑자기 말했습니다.

"사람은 왜 입이 세 개가 아닐까?"

"한 번에 셋이랑 키스하려고?" 니그는 웃음을 터트리더니 이내 다시 입술 위로 입술을 가져갔습니다.

"잠깐," 잉그는 올바른 수사학 발전에 합당한 새로운 주제를 감지하고 그를 멈추게 했습니다. "말과 말 사이에 키스로 끼어들지 말라고."

"그래서 하는 말이잖아." 니그의 아가씨는 잉그에게 몸을 돌렸습니다. "사람마다 다 입이 세 개여서 동시에 이야기하고, 먹고, 키스할 수 있다면, 그때는……"

"말도 안 돼!" 잉그는 말을 끊고 가르치듯 손가락을 들었습니다. "삼단논법을 치마 아래서 꺼낼 수는 없지. 조용히 좀 해봐. 거룩한 전통과 형식 논리를 따져보자고. 성 아우구스티누스†는 인간이 비이성적인 짐승과 달리 선택하는 존재라고 세 번이나 가르쳤지. 많은 것 중에서 최고를 선택하는 능력, 그것이 자유의지의 기본이 아닐까? 아리스토텔레스는 근원적 목적인 엔텔레키아를 우연하거나 종속적인 동반 목적과 구별하도록 가르치고,‡ 토마스 아퀴나스˄는 본질적 의미를 우발적인 의미

---

†   성 아우구스티누스(Saint Augustinus, 354~430). 초기 기독교 교부이자 철학자. 인간을 짐승과 구별하는 것은 자유롭게 선택할 수 있는 능력이라고 주장했다. 그의 『자유의지론』은 신의 섭리와 악의 기원의 문제를 다루기 위한 저작이다.

‡   아리스토텔레스는 『니코마코스 윤리학』에서 그 자체가 목적인 것을 최고의 선이라 한다. 이는 완전하며 자족적인 것이다. "그러므로 우리가 하는 일의 목적이 있고 우리가 그 자체를 위해 원하는 것이라면, 그리고 우리가 다른 것을 위해 모든 것을 선택하지 않는다면, 분명히 이것이 최고의 선임에 틀림이 없다."

˄   토마스 아퀴나스(Thomas Aquinas, 1225~1274). 중세 유럽의 스콜라철학을 대표하는 이탈리아의 신학자. 신학의 계시와 철학의 이성적 탐구를 조화시키려는 목적에서 쓰인 『신학 대전』이 대표적인 저서. 그에 따르면, 한 사물을 현실적으로 있게 하는 존재자의 구성 원리로서 존재와 본질이 있다고 할 때, 신에게는 본질과 존재가 동일하다. 신에게는 다른 무엇으로부터 비롯되는 것이라곤 아무것도 없기 때문이다. 반면 인간 자신을 포함, 인간이 이 세상에서 경험하고 탐구하는 존재들은 유한한 존재자들이다. 이 유한한 존재자들은 자체 내에 존재 이유가 있지 못하고 다른 존재에 의해서만 존재할 수 있어서 우연적 존재다.

로부터, 내부 발생적인 것을 외부 유입된 것으로부터 분리함으로써 이를 보완하지. 사람의 입, 이 구멍은, 그가 말했듯 음식, 입맞춤, 말을 담당하네. 하지만 입의 주된 목적은 대체 무엇일까? 내 좋은 친구 그니, 자네는 어떻게 생각하나? 입에서 그 뼈를 빼내고 내게 대답하게."

단어가 비집고 나올 수 있게 뼈가 약간 옆으로 비켜졌습니다.

"내 생각에는," 그니가 말했습니다. "논쟁을 위해 책을 뒤적이는 것은 무의미해. 그건 바로 여기 내 접시 위에 있다고. 분명히 입은 먹기 위한 것이야. 나머지는 그냥 우연한 것들이지."

"이보게, 친애하는 친구," 잉그가 고개를 흔들었습니다. "음식 찌꺼기 사이에서 논거를 찾으면 안 되지. 그게 왜 우연한 거야?"

"왜냐하면," 그니가 미리 포도주 한 잔을 따라놓으며 말했습니다. "자네와 내가 먹지도 마시지도 않았다면 죽음은 벌써 오래전에 우리를 갈라놓았을 것이기 때문이지. 나는 천국으로, 자네는 지옥으로. 그리고 그렇게 멀리 떨어져서는 자네가 질문을 할 수 없고 나는 대답할 이유가 없다는 데 아마 동의해야 할 거야."

"천사들은 참 딱하기도 하지," 니그가 통통하고 붉은 입술 위로 난 콧수염을 잡아당기며 논쟁에 끼어들었습니다. "이런 거대한 몸뚱어리를 높은 데로 끌고 올라가야 한다면 말이야. 이것 봐, 친구, 이 땅에 입맞춤이 없다면, 출생이란 게 없을 걸세. 그래서 아무도 태어나지 않으면 죽을 사람도 당연히 없지 않겠나. 안 그래?"

그러나 잉그는 연민의 미소를 숨기지 않으며 두 사람의 말을 가로막았습니다.

"니그, 자네는 그니를 틀렸다고 지적했다는 점에서만 옳아. 음녀의 입술이 어떻게 남겨진 음식 접시보다 나은가, 엄격한 논리로 한번 따져보자고. 입은 키스하려면 또다른 입이 필요하다는 점에서 플라톤이 표현한 대로 (그리스식으로) 타자의 범주를 도입하지. 이것은 문제를 해결하는 대신 옆으로 제쳐놓는다고. 이제 차례대로 살펴보겠네. 음식을 먹지 않는다면 삶이 없을 거야. 그렇지. 그러나 키스가 아니라면 그 산 자의 출생이 없을 것이고. 그것도 사실이야. 그러나 자, 이제 잘 들어봐. 하느님이 '있으라' 하고 말씀하지 않으셨다면 출생 자체가 태어나지 않았을 것이고 삶도 죽음도 존재하지 않을 것이며 세상은 악마가 아는 그곳에 있지 않겠나? 그러니 나는 확증하겠네." 잉그는 주먹을 테이블 위로 쾅 내려치기까지 했습니다. "입의 참된 목적은 입술로 입술을 찰싹거리는 것이 아니요, 게걸스럽게 먹고 마시는 것도 아니요, 오직 위로부터 받은 말씀을 말하는 것이라."

"그렇다면," 그니도 물러서지 않았습니다. "왜 경전에는 입으로 들어가는 것이 사람을 더럽게 하는 것이 아니라,

입에서 나오는 그것이 사람을 더럽게 한다고 말하고 있지? 여기에 대해선 뭐라고 답할 작정이야?"

잉그도, 니그도 서로에게 동시에 대답하기 시작했고, 잠이 찾아오지 않았더라면 말싸움은 새벽까지 이어졌을 것입니다. 잠은 그들의 눈을 꿈으로 입을 코골이로 막아버렸습니다.

잉그는 입이 세 개인 괴물이 쉴새없이 여섯 개의 입술을 움직이는 꿈을 꾸었습니다. 잉그는 세상에 그런 존재는 없다는 것을 그 생물에게 증명하려고 했지만 세 입 달린 괴물은 한 번에 세 입으로 말하면서 자신에게 논박을 허용하지 않았습니다. 잉그는 식은땀을 흘리며 잠에서 깼습니다. 창 너머로 새벽의 미세한 균열이 진홍빛으로 빛났습니다. 그는 자기 동무들을 깨우기 시작했습니다. 간신히 눈을 뜬 니그는 이그노타가 어디에 있냐고 물었습니다. 그니는 그게 음식 이름이라고 생각하고서 시무룩하게 중얼거렸습니다. "다 먹어치웠지." 니그가 피식 웃더니 그건 어젯밤 자기랑 있던 아가씨 이름이라고 설명하고는 말을 덧붙였습니다.

"오히려 그 여자가 우리를 잡아먹었을 수도. 교묘한 질문이었어. 아니, 그런데 대체 어디로 사라진 거야?"

"유령처럼," 잉그가 마저 말했습니다. "내 꿈대로라면 말이지, 자네의 이그노타는 너무 많은 것을 알고 있어. 아마도 그녀는 아가씨가 아니라 남자와 정을 통하는 악령이자 망상이고 환영일 거야."

"젠장," 니그가 능글맞게 웃으며 말했습니다. "그 망상이 내 무릎을 으깨버렸네. 꿈을 말해봐."

논쟁이 꿈에서 현실로 돌아왔습니다. 논쟁도 잘 자고 잘 쉰 것처럼 말입니다. 입의 주된 목적에 대해 세 입이 한꺼번에 외치고 있었습니다.

"먹기 위해서지."

"틀렸어. 키스하기 위해서라고."

"둘 다 틀렸다고. 말하기 위해서야."

"여기서 나는 노를 내던지고 조류에 의지하려고 합니다. 내가 왜 아이디어를 더 짜내고, 왜 힘들여 삐걱거리며 계속 노를 저어야 하겠습니까? 거짓과 진실에 대한 플롯, 판차탄트라†의 방랑하는 브라만과 여타 다른 플롯과 더불어 지금의 내 플롯을 쓸어버릴 거센 조류에까지 노를 저어왔는데 말입니다. 그러니까 내가 하고 싶은 말은, 잉그, 니그, 그니는 이제 그 무엇에 대해서도 더는 논쟁하지 않고 플롯 구성의 규범이라는 더 큰 영광을 위해 세상을 떠돌며 만나는 모든 사람에게 분쟁의 해결을 요청하게 된다는 것입니다. 삶의 전개와 플롯의 전개가 단지 교차할 뿐 일치하지는 않는다는 사실을 알고 있다면 이 방랑하는 논쟁의 비논리성과 일상적 황당함이 혼란스럽지는 않을 것입니다. 플롯은 식물이 포자

---

† 고대 인도의 교훈 설화집. 제목은 다섯 편의 이야기라는 뜻이다. 현자 비슈누 샤르마가 세 명의 왕자에게 교육을 베풀기 위해 우화를 통해 처세, 외교, 윤리를 가르치는 것이 이 책의 줄거리다. 교훈적 가치가 인정된 이 설화집은 점차 서방으로 전파되면서 여러 언어로 번역되었으며, 아랍과 서구 문학에 적잖은 영향을 미쳤다.

를 던지는 방식으로 논쟁의 포자를 던집니다. 포자가 발아하는 공간으로 말이죠. 자, 이제 표류해봅시다."

"정말이지," 제즈가 화를 내며 집게로 불기둥을 치자 그 움직임을 따라 불꽃이 회전했다. "당신은 표류하고 있지만, 그저 문자 더미로 가득찬 책장을 표류하는 것뿐 아니오? 친구 여러분, 최근 당신들의 구상에서는 인쇄 잉크 냄새가 풍긴다는 사실을 말하지 않을 수 없군요. 한 사람은 글자로 가득 채워진 책을 그의 소설 '캐릭터'로 채택합니다. 또다른 사람은 플롯 구성에서 자신이 잉크의 흐름에 다소 끌려가고 있음을 깨닫고는 '노를 던집니다'(덧붙이자면, 이보다 더 많이 인쇄기를 두드린 은유를 상상하기 어렵습니다). 이대로라면 우리는 곧……"

페브의 혈관이 불뚝 솟아올랐다.

"당신은 제본된 책을 너무 두려워하고 있습니다. 책은 나를 향해 쾅하고 문을 닫아버리지 않을 겁니다. 왜냐하면…… 나는 쥐가 아니기 때문이지요. 여느 사람들처럼 내가 이름 날리는 작가인 적도 없었으니 글자는 나를 유혹하지 못합니다. 그래서……"

그때, 제즈가 페브에게 조용히 하라고 손짓하더니 갑자기 나를 향해 고개를 돌렸다.

"우리 손님이 이 논쟁의 재판관이 되게 하십시오. 외부자는 명확히 보고 공정함을 유지하기가 더 쉬울 것입니다."

모두의 시선이 내게 쏠렸고 나는 응수했다.

"그렇다면 당신들의 논쟁은 '표류하는 논쟁'으로 바뀔 텐데요. 그거야말로 당신이 방금 반대한 허용 가능성을 거스르는 일 아닙니까?"

"자, 첫수를 거절했군요. 좋은 플레이입니다. 자, 제즈, 이제 길을 비키고 내 주인공 세 명이 벌써 한참 전부터 가야 했던 곳으로 가게 해주시오. 새벽빛이 퍼져나가고 있습니다. 이제 곧 선술집 주인이 깨어나 하룻밤 숙박과 깨진 그릇에 대한 대가를 요구할 것입니다. 그리고 그들의 주머니에는 구리 동전 한 푼도 없습니다. 잉그와 니그, 그녀는 '세 명의 왕'에서 살금살금 기어나왔습니다. 마을은 여전히 닫힌 덧문 뒤에 잠자고 있었는데, 그들 맞은 편으로 막대기 끝에 자루와 종을 단 탁발 수도사가 다가왔습니다. 수도사는 짤랑거리는 가방을 그들에게 내밀었으나 자선 대신 질문을 받았습니다.

"하느님이 왜 당신에게 입을 주셨습니까? 음식입니까, 키스입니까, 아니면 말을 위해서입니까?"
수사는 자루 흔드는 걸 멈췄습니다. 종은 침묵했고 그 수도사도 마찬가지였습니다. 니그는 두건 아래를 힐끗 엿보았습니다.
"이건 카말돌리† 수도사로군." 그가 휘파람을 불었습니다. "우리는 곧바로 침묵 서약에 부딪혀버렸군. 자네한테 나쁜 소식이야, 잉그. 이건 거의 대답이나 마찬가

† 이탈리아 북부 토스카나주 아레초 근처 카말돌리에 있는 은둔 수도원. 11세기 초 베네딕토 수도회의 성 로무알두스가 설립했다.

지지. 거룩함은 말없이 이루어진다는.”

“그래. 하지만 거룩함은 금식을 강요기도 하지. 그 외에도, 내 생각엔, 창녀들한테 키스하는 것 또한 사람의 영혼을 구하는 데는 거의 도움이 되지 않는 것 같네만. 그럼 결론이, 입이란 얼굴에 있는 쓸모없는 구멍일 뿐이니, 즉시 꿰매버리고는 신경쓰지 말고 살라는 거로군…… 아니지, 그게 아니라고. 자, 계속 가보세.”

종이 다시 딸랑거리기 시작했고 세 명의 논쟁자는 지나갔습니다. 잉그, 니그, 그니는 성문에서 귀먹은 노파와 마주쳤습니다. 그들이 입에 관한 질문을 아무리 외쳐도—처음에는 하나, 그다음엔 둘, 그리고 마지막에는 셋이 한꺼번에—노파는 자기 말만 계속 반복했습니다.

“이마에 검은 점이 있다오. 암소 말이요. 못 봤소? 이마에 검은 점이 있다고. 암소가.”

“모든 이에겐 저마다의 걱정거리가 있군.” 잉그가 한숨을 내쉬었습니다.

바로 그때 녹슬어 삐걱거리는 소리를 내며 성문이 활짝 열렸습니다. 세 친구는 방랑을 다시 시작했습니다.

몇 리그를 걸은 후 그들은 덜거덕거리는 수레를 만났는데, 수레 위 끝자락에는 입술 사이에 빵을 한 덩어리 문 키 큰 소년이 걸터앉아 있었습니다. 잉그는 그에게 질문하려고 소리치고 있었지만, 소년은 바퀴가 덜커덩거리는 소리 때문에 부르는 소리를 듣지 못했을 것이고, 설사 들었다고 해도 입이 너무 꽉 차서 입에 관한 질문에 답할 수 없었을 것입니다. 그들은 계속 걸었습니다.

정오 무렵, 바람 부는 밀밭에서 어떤 사람이 방황하는 것을 보았습니다. 등에 자루를 메고 손에는 지팡이를 들고 먼지와 햇볕에 그을린 명랑한 얼굴로 메추라기에게 휘파람을 불며 걸어가고 있었습니다. 아마도 그는 떠돌이 성직자(깨끗이 면도한 얼굴입니다)였을 것입니다. 당신의 주인공 프랑수아 신부일지도 모를 일이죠.

페브는 갑자기 튜드 쪽으로 몸을 돌리더니 오른손을 위로 들었다. 튜드는 미소를 지으며 손을 들어 응답했다. 경로가 서로 교차하는 두 척의 배와 같이 두 가지 주제가 서로에게 경의를 표했고 페브의 이야기는 계속되었다.

"왜 사람은 입이 세 개가 아니라 하나입니까?" 니그가 성직자에게 인사하며 물었습니다.

성직자는 걸음을 멈추고 방랑자들을 살펴보았습니다. 먼저 그는 허리띠에 매달린 술병 속 포도주로 입을 헹구고 나서 윙크하며 말했습니다.

"자녀들이여, 신의 은총이 우리와 함께 있기를 바라오. 당신들은 입이 하나뿐이라는 것을 확신하오? 내가 떠나거든 바지를 내리고 확인해보시오, 두 개가 아닌지. 그리고 당신이 여기서 가장 가까운 매음굴에 도착하면 어떤 아가씨라도 당신이 세 개를 가지고 있다는 걸 증명해줄 거요. 좋은 여행 되기를."

가죽신을 단단히 동여맨 긴 다리로 성큼성큼 걸어가던 프랑수아 신부는 빠르게 모습을 감추었습니다, 시야에서도 이야기에서도.

"저 사제가 지금 우리를 놀려먹은 거지?" 그니가 뒤통수를 긁적였습니다.

"완전히 그런 거지." 니그는 짜증 나서 침을 뱉었습니다. 그러자 잉그가 대답했습니다.

"놀리는 것은 바보만을 즐겁게 하지. 인간의 정신은 이 평야만큼이나 거칠고 평평해졌어. 생각하기보다 낄낄대는 것이 더 쉬우니까. 위대한 스타게이라†의 삼단논법, 아베로에스‡의 정의, 에리우게나⁵가 말한 생각의 계층 구조는 다 어디로 갔지? 사람들은 생각을 다루는 방법을 더이상 알지 못해. 생각을 눈으로 똑바로 보는 대신 그 꼬리 밑을 흘끗거리려 애쓰지."

세 사람은 말없이 계속 걸어갔습니다.

때때로 그들은 밭에서 돌아오는 소작농이나 노새의 방

---

† 고대 그리스의 도시로 아리스토텔레스의 고향이다.

‡ 이븐 루시드(Ibn Rushd, 1126~1198). 아랍계 스페인의 철학자. 유럽에 아베로에스(Averroes)로 알려진 그는 신학을 이성적으로 논증하고 추론하려던 서양 정치철학의 '이성주의' 전통에 매우 정교한 방법론적 틀을 제공한 이슬람 철학자였다. 철학과 신학은 적대적이지 않다는 전제에서, 철학의 신학에 대한 우위를 주장했던 이슬람 세계의 아리스토텔레스였다.

⁵ 요하네스 스코투스 에리우게나(Johannes Scotus Eriugena, 810?~ 877?). 아일랜드 출신의 중세 학자로 스콜라철학의 시조로 여겨진다. 실재론과 신플라톤주의와 연관된 사상을 펼쳤다.

울 소리에 졸고 있는 상인들과 마주쳤습니다. 골리아드를 만난 이후로 그들은 더 신중해지기로 했고 만나는 모든 사람에게 질문을 하지는 않기로 했습니다. 하루를 걸으니 저 멀리 땅에 웅크리고 있는 올리브나무 위로 총안이 뚫린 도시의 성벽이 나타났습니다. 먼지와 열기가 한풀 꺾였습니다. 풀밭의 매미는 더 크게 울었고 태양은 더 희미하게 빛났습니다. 성문 근처 길가 풀밭에서 방랑자들은 포대기에 싸인 아기를 품에 안고 매미의 바스락거리는 소리 가운데 앉아 있는 여자를 보았습니다. 여자는 자기 일로 분주해 그들의 인사에 바로 답하지 않았습니다. 그녀가 가슴을 풀어헤치고 분홍색 젖꼭지를 아기의 입에 가져가자 즉시 아기의 입술이 간절히 움직였고 그녀는 몸을 구부린 채 미소를 지으며 젖을 빠는 아기의 볼록한 작은 얼굴을 들여다보았습니다.

"거위를 두고 맹세컨대,"[†] 그니가 짖어댔습니다. "나도 포대기에 싸주시기를. 우유를 마시고 싶으니."

니그는 입술을 핥았고 잉그는 고개를 저으며 말했습니다.

"전적인 진실은 아니라 해도 적어도 그중 3분의 2는 이 아기에 의해 드러나네. 이가 없는 저 작은 입을 보라고. 아기는, 우리에겐 주어지지 않은 것, 즉 동시에 먹고 키스할 수 있는 능력을 부여받은 것이네. 오, 친구들이여, 이 어리석고 작은 아기 덕에 내 생각은 이런 보잘것없고

[†]   그리스어 완곡어법으로 그 의미는 '제우스에 맹세컨대' 즉, '신께 맹세컨대'이다.

먼지투성이인 말에서 모든 것이 인간에게 부분적이거나 개별적이지 않고 온전하고 완전하게 주어졌던 에덴동산의 울창한 정원으로 바뀌었다네. 그러나 낙원의 숲은 빛이 바랬고, 세 가지 의미는 한 입에서 비좁게 되었지. 말해주시오, 귀여운 여인이여, 누구 아이요?"

"저는 지역 재판관의 아내를 시중들고 있지요. 여주인의 이름은 펠리시아입니다." 유모가 대답했습니다.

그녀는 땅에서 일어나 낯선 사람들에게 절하고 도시로 돌아갔습니다. 니그는 그녀의 뒷모습에 손키스를 날렸습니다. 친구들은 도시에 들어가기 전에 풀밭에서 좀 쉬어가기로 했습니다. 그들이 앉았습니다. 그니는 향기로운 풀잎을 씹었습니다. 니그는 민들레를 입으로 불어 회색 솜털 모자를 날렸습니다. 잉그는 앙상한 무릎을 팔로 감싸고 계속 한숨을 내쉬며 중얼거렸습니다.

"거기서 뭐라고 중얼거리는 거야?" 굶주림에 시달리기 시작한 그니가 마침내 물었습니다.

"아," 잉그가 다시 한숨을 쉬며 말했습니다. "내가 그녀에게 한 말을 떠올려보고 있었지."

"유모한테 한 말?" 니그가 하품하며 물었습니다.

"아니, 그녀의 여주인에게 한 말. 정박지를 찾은 사람은 얼마나 행복한가. 내가 자네들과 함께 모닥불에서 모닥불로 어슬렁거리지 않고 내 거처 불 곁에서 몸을 데운다면, 내 주머니에는 돈이 넉넉하고, 앵앵거리며 기어다니는 어린아이들에게 둘러싸여 있다면, 하고 말이지. 그래, 그래, 그만 비웃고 이제부터 내가 하려는 이야기나 잘 들어보라고.

당시 우리 둘 다 어렸다네. 나도 펠리시아도. 펠리시아는 여기서 멀지 않은 어느 바닷가 도시에 사는 부유한 상인의 딸이었지. 부모에게는 금 자루가 많았고 딸에게는 숭배자가 많았어. 축제일이면 그들은 화려한 옷차림을 하고서 아름다운 펠리시아 주위에 앉아 먼지 가득한 자루처럼 움직임 없이 멍한 그녀의 두 눈을 가만히 바라보곤 했지. 이 젊은이들은 입을 헤벌린 채 넋을 잃고 바라보는 것밖에 몰랐지만, 나는 입의 다른 용도를 알고 있었다고. 나는 이 젊은 아가씨에게 가본 적 없는 나라 이야기, 읽은 적 없는 책 이야기, 별과 반딧불 이야기, 천국과 지옥 이야기, 사람들의 과거와 우리 둘의 미래 이야기를 들려주었어. 펠리시아는 내 말 듣는 걸 좋아했지. 투명한 장밋빛 귀를 쫑긋 세우고 진홍빛 입술을 반쯤 벌리고서 들었던 거야. 어느 날 그녀는 얼굴이 빨개져서는 자기 부모님과 이야기해보라 제안했어. 그들과 이야기하는 건 물론 더 어려운 일이었지. 호라티우스†와 카툴루스‡의 말들을 인용해 표현을 탄탄히 하면서, 나는 그 부자 수전노에게 열정의 영원한 법칙을 설명하려고 노력했지만, 그는 휘파람을 불더니 내게 등을 돌리고 떠나버렸어.

---

†   호라티우스(Quintus Horatius Flaccus, BC 65~BC 8). 로마의 서정, 풍자시인.

‡   카툴루스(Gaius Valerius Catullus, BC 84~BC 54). 고대 로마공화정 말기의 서정시인.

펠리시아와 상의한 후, 나는 우회로를 통해 나의 행복을 몰래 찾기로 했다네. 펠리시아에게는 나이든 유모가 있었는데 긴 설득 끝에 마침내 우리 계획에 참여하기로 했지. 계획은 이랬다네. 미리 정한 날 밤에, 펠리시아와 유모가 내게 오는 거야. 유모는 문밖에서 망을 보고 펠리시아는…… 즉, 아침이 되면 우리는 밤을 함께 보냈다는 기정사실 앞에 늙은 바보들을 데려다놓게 될 것이고, 그후에 사제는 서둘러 우리를 성스러운 결혼으로 묶어야 할 것이고, 딸이 길을 잃는 동안 잠에 빠졌던 구두쇠들은 금 자루를 풀어야 할 것이었지. 미리 정한 저녁에 문 두드리는 소리가 들렸고, 1분이 지나자 펠리시아와 나는 닫힌 문 뒤로 반 어둠 속에 둘만 있게 되었다네."

"그래서, 그래서 어쨌는데." 니그가 다그치며 팔꿈치로 기어 잉그 쪽으로 왔습니다.

"그래서 나는 그녀에게 속삭이기 시작했지. 이 밤의 위엄과 의미에 대해, 또 마침내 우리 둘만이 있게 되었고, 창밖의 별들도 눈을 내리깔았고, 오직 하느님만이…… 라면서 말이야."

"바보야." 니그가 팔꿈치로 기어 자기 자리로 되돌아가며 말했습니다.

"나는 그녀에게 고대의 이름난 연인들에 대해, 헤로와 레안드로스,⸕ 피라모스와 티스베,* 사포와 파온⁂에 대

⸕   그리스신화에서 헬레스폰토스 해협을 사이에 두고 서로 멀어져 있게 된 한 쌍의 연인. 레안드로스는 헤로와 함께하기 위해 매일 밤 헤엄쳤는데 어느 폭풍우 치는 밤 수영하다 익사한다. 그의 시신을 발견한 헤로는 바다에 몸을 던진다.

해 이야기했어. 하지만 그때 내 입술에 닿는 펠리시아의 손길을 느끼며 나는 깨달았지. 그녀가 이교도들의 이러한 예시를 설득력이 없다거나 영혼에 위험하다고 느낀다면, 나는 구약성경의 증언에 눈길을 돌려야 할지도 모르겠다고 말이야. 나는 책 중의 책에서 이야기들을 기억해내기 시작했어. 룻과 보아스◎에 대해 그리고…… 보아스를 떠올린 바로 그때, 문에서 소리가 났지. 문을 살짝 열고 밖을 내다보았다네. 늙은 유모가 한쪽 귀를 열쇠 구멍에 대고 앉아 졸고 있었고 코까지 약간 골고 있었어. 나는 유모를 깨운 다음 펠리시아에게 돌아가서 끊겼던 내 이야기를 계속했다네."

"바보야." 니그는 신음했고, 손가락으로 귀를 막고 땅에 엎드렸습니다. 풀을 다 씹어먹은 그니가 물었습니다. "근데 둘 다 배곯고 있는 것 아니었나?"

"아니, 내 마음은 너무나 많은 웅변적인 사랑의 시, 절묘한 은유 및 과장으로 가득차서 시간 가는 줄을 몰랐다네. 오비디우스적 성애의 절묘한 세련미를 전달하고

*   오비디우스의 『변신 이야기』에 등장하는 비운의 연인들. 바빌론이 배경이다. 서로 원수지간인 집안의 두 남녀가 벽의 갈라진 틈으로 사랑을 속삭인다. 『로미오와 줄리엣』의 원형이 되었다.

※   고대 그리스 레스보스의 전설적 시인 사포가 잘생긴 뱃사공 청년 파온을 사랑했으나 그의 마음을 얻지 못해 절벽에서 몸을 던져 자살했다는 전설이 전해진다. 남성 중심적 사고방식으로 사포의 삶이 왜곡되었다는 견해도 있다.

◎   구약성경 룻기에 나오는 인물들. 룻은 보아스와 결혼하여 다윗의 선조가 된다. "룻이 가서 베는 자를 따라 밭에서 이삭을 줍는데 우연히 엘리멜렉의 친족 보아스에게 속한 밭에 이르렀더라."(룻기 2,3)

자 내가 그의 매혹적인 책 『사랑의 기교』◉ 이야기에 이르렀을 때, 창 너머 하늘은 약간 잿빛이 되기 시작했어. 순간을 포착하고 행복을 훔치고 키스와 포옹을 위해 싸우는 이 놀라운 기술에 대해 말할 때, 펠리시아는 흐릿한 잿빛 여명 속에 앉아 입술을 굳게 다물고 거의 내게서 등을 돌린 채 있는 것처럼 보였지. 나는 그녀에게 무슨 일이냐고 물었어. 그녀는 대답하지 않고 문가로 가더니 문짝을 쾅쾅 두드렸네.

'가자.' 그녀는 내가 이해할 수 없는 분노로 가득차서 떨리는 목소리로 유모에게 말했다네. '지금 가면 들키지 않고 집에 들어갈 수 있을 지도 몰라. 서둘러.'

'잠깐,' 나는 너무도 당황해서 소리쳤지. '이렇게 가면 당신이 나와 함께 있었다는 것을 어떻게 증명한단 말이오?'

펠리시아는 나를 모른 체했어. 마치 내 말이 모든 소리도 의미도 잃은 것처럼.

'얼른!' 그녀는 소리쳤어. '그리고 말이지, 내가 누구에게도 들키지 않고 내 침대로 돌아간다면, 맹세컨대, 모든 구혼자 가운데 신랑감으로는 제일 말이 없는 사람을 고를 테야.'

그들은 내 절규에도 뒤돌아보지 않고 이른 아침 안개 속으로 사라졌다네. 이후로 우리는 다시는 만나지 못했지."

◉   오비디우스가 사랑과 연애술에 관해 쓴 글.

"그것 보라고," 니그가 고소하다는 듯 웃음 지었습니다. "입의 진정한 사명을 이해했다면, 자네 이야기가 그렇게 슬프게 끝나지 않았을 텐데."

"아직 끝나지 않았네." 잉그가 자리에서 일어나며 반박했습니다. "그 끝은 저 문 너머에서 나를 기다리고 있으니까."

그렇게 세 사람은 도시로 들어갔습니다.

그들은 노숙해야 했습니다. 여관은 그 도시를 유명하게 만든 기적의 성상을 숭배하기 위해 이웃 마을에서 온 순례자들로 가득차 있었습니다. 게다가 그날 밤 친구들의 주머니는 텅 비었고 밤은 굶주린 꿈으로 그들을 괴롭혔습니다.

다음날 아침, 그들 옆으로 순례자들의 행렬이 지나갔습니다. 잉그는 입에 관한 질문으로 그들 앞을 막으려 해봤지만, 그들은 묵주에 손가락을 감은 채 기도에 깊이 빠져 있었습니다. 세 친구는 그러다 행렬에 합류했고 곧 황금색 덮개와 보석으로 반짝이는 성상 앞에 선 자신들을 발견했습니다. 니그는 황금색 덮개에 입맞추었고, 그니는 성상의 얼굴 쪽으로 허리를 굽히고는 프레임에서 가장 큰 돌을 능숙하게 깨물었고, 잉그는 그를 곁눈질로 힐끗 보고는 가슴을 치며 큰 소리로, "Mea culpa, mea culpa, mea maxima culpa(내 탓이요, 내 탓이요, 다 내 탓이요)"라고 말했습니다. 두세 시간 후 잉그와 니그, 그니의 주머니에는 기적처럼 금화들이 짤랑거리고 있었습니다.

술은 시작하기는 쉽지만 끝내기는 어렵습니다. 곧 세 명의 낯선 사람들 주변에서 코르크 마개가 빵빵 터지고 포도주가 콸콸 쏟아졌습니다. 처음에는 자기들이 마셨고 그다음에는 남을 대접했고 또 그다음엔 남들이 그들을 대접했고 다시 그들이 대접했습니다. 그렇게 별이 뜨고 야경꾼의 막대기가 밤을 휘저을 때까지 말이죠. 벤치 위보다 벤치 아래가 더 붐비자 그니는 네 발로 기어다니면서 코 고는 사람들이 깔때기처럼 벌린 입에 포도주를 부었고, 니그는 난로의 통풍 조절판과 열쇠 구멍에 키스하기 위해 기어올랐으며, 잉그는 교활하게 윙크하고 소리 내어 웃으며 돌이 금으로 변한 기적에 관해 이야기했습니다. 이야기는 성공적이었고 사람들은 선술집 문지방 너머에서도 그 이야기를 반복해서 말하기 시작했습니다. 다음날 아침에 눈을 떴을 때 잉그와 니그, 그니는 눈을 비빌 수조차 없었습니다. 손이 형틀에 묶여 있었던 것입니다.

그들을 보석 절도 혐의로 소환한 재판관은 그 지역에서 가장 말이 없는 사람이었습니다. 그는 그들을 살펴보았고, 종이에 코를 묻었고, 다시 말없이 그들을 바라보았습니다. 질문을 들을 수 없자 잉그는 동지들과 시선을 교환하더니 직접 물었습니다.

"존경하옵는 재판관님, 우리를 당신에게로 이끈 상황 때문에 우리가 괴로워하는 것만큼이나 우리는 이 질문에 더욱 괴로워합니다. 입은 무엇을 위해 창조된 것인가요? 우리 중 한 사람은 그것이 키스를 위한 것이라고 말합니다. 다른 사람은 음식이라고 말하고요. 그리고 나는 말합니다. 단어를 소리 내어 말하기 위함이라고. 우리는 답을 찾기 위해 멀리서 이곳에 왔습니다. 우리의 자유와 생명은 당신의 손에 달렸지만 죽기 전에 알고는 싶습니다. 인간에게 입이 주어진 목적이 무엇입니까?"

재판관은 입술을 씰룩거리고 펜으로 코를 긁고 다시 서류를 뒤졌습니다. 잠시 후 전령의 나팔이 울리고 재판정 서기가 엄숙하게 일어나 평결을 읽었습니다.

"유죄를 선고함. 보고 듣는 모든 사람의 감독하에 피고인을 구금에서 석방할 것. 잉그라는 이름의 범인에게는 말하는 것을 금지함. 니그라는 이름의 범인에게는 키스하는 것을 금지. 그니라는 이름의 범인에게는 먹는 것을 금지함. 상기 금지된 사항에 대한 위반 행위가 적발될 시 즉시 보고되어야 하며 위반한 자는 곧바로 체포해 사형에 처할 것임. 이 결정은 발표 효력이 발생하며 항소 대상이 아님."

불행한 친구들은 사슬에서 풀려나 자유를 얻었습니다. 이제 수백 개의 악의적인 미소가 사방에서 그들을 둘러쌌습니다. 그들은 입을 딱 닫고서 사람들의 조롱과 욕설에 대꾸하지 않고 나란히 걸었습니다.

"그걸 뭐라고 하지?" 니그가 평소답지 않게 침묵하는 잉그에게 몸을 돌리며 마침내 물었다가 곧바로 멈췄습니다.

잉그는 두려움에 떨며 주위를 둘러보았고 입술을 움찔거렸지만 이내 입술을 더 꽉 다물고 온순하게 고개를 떨구었습니다. 장면이 선술집으로 바뀌었습니다. 그니의 손짓으로 그들에게 훈제 고기 요리가 제공되었습니다. 잉그와 니그는 숟가락을 집어들었다가 바로 내려놓았습니다. 가엾은 그니는 그들에게서 등을 돌리고 벤치 끝에 앉아 배고픔에 침을 삼켰습니다. 그가 잠시 고개를 들었습니다. 눈에서 눈물이 반짝였습니다.

이제 삶과 거의 닮지 않은 삶이 시작되었습니다. 도시에는 멋진 니그를 한숨과 공감으로 바라보는 사랑스럽고 인정 있는 아가씨가 많았습니다. 그의 입술은 사랑의 갈증으로 갈라졌고, 그의 뺨은 푹 꺼졌고, 그의 눈빛은 탁해졌습니다. 그는 저주와 탄식을 중얼거리면서 아가씨들 입에 피어난 진홍빛 꽃봉오리를 바라보지 않으려고 애썼습니다. 그러나 그 수다쟁이 잉그는 불평조차 할 수 없었습니다. 니그와 함께 나눈 빈약한 식사와 함께 삼켜야 했던 말 못한 온갖 단어들이 그의 혀를 간지럽혔습니다. 그들은 굶주린 그니 앞에서 밥을 먹기가 부끄러웠습니다. 비스킷을 반으로 쪼개기 전에 니그와 잉그는 그니가 보지 못하도록 문 뒤나 구석 어디라도 물러났습니다. 그니는 날이 갈수록 상태가 나빠졌습니다. 기력이 쇠하고 탈진해서 그는 이제 걸을 수 없을 정도가 되었기 때문에, 한 발을 다른 발 앞에 놓기 위해 두 친구가 부축해서 도와야 했습니다. 이 불쌍한 남자는 곧 정신이 혼미해져서 그의 영적인 눈앞에서 기막힌 냄새를 풍기며 꼬치에 꿰어 끊임없이 회전하는 기름기 많은 햄, 지글지글하는 소시지, 각종 재료로 속을 채운 암탉 등 갖가지 음식들에 대고 헛소리를 해댔습니다. 잉그는 헛소리라도 해서는 안 되었습니다. 잠결에라도 말할까봐 거의 눈을 감지 않을 정도로 그는 두려움에 떨었습니다.

니그는 누구보다도 잘 견디고 있었습니다. 그는 절망하지 않고 두 번이나 적당한 때를 기다렸다가 성문에 서 있던 보초와 대화하게 되었습니다. 두번째 대화 이후, 잉그를 한쪽으로 데리고 가서 니그는 이렇게 말했습니다.

"이봐, 수다쟁이, 잘 들어. 우리가 성문을 어쩌면 열 수 있을지도 몰라. 그러려면 황금 열쇠가 필요해. 서둘러야 하고. 그니 상태가 안 좋아. 우리 길동무는 짐이 되어버렸지만 그래도 우리는 그를 구해야 하고 우리 자신도 구해야 하지 않겠어? 자네는 평생을 떠들기만 했으니 이제는 일할 때일세, 친구. 난 지금 재판관의 아내 이야기를 하는 거라네. 로맨스를 끝내게. 그렇지 않으면 우리 모두 죽게 될 거야. 침묵은 동의의 표시로 알겠네. 저녁이 오고 있어. 내가 쭉 지켜보았네만, 재판관 아내의 창문은 이 시간에 항상 열려 있더군. 옆에는 아무도 없고 말이지. 자, 가세. 내 자네의 그 입을 도구 삼아 그것의 목적과 관련해 자네의 입장이 틀렸다는 걸 증명해보이겠네."

귀가 먹었거나 혀가 잘린 사람처럼 고통에 휩싸인 잉그는 친구의 발길질에 용기를 얻어 자신과 친구들을 구하러 순종적으로 터벅터벅 걸었습니다.

밤까지 활짝 열린 창문 바로 아래에서 그에게 마지막 지시가 내려졌습니다.

"자, 명심해. 키스로 임무를 수행하는 거야. 거기다 자네가 한마디라도 말을 하면, 내가 직접 자네를 신고할 테고 그럼 자네 머리가 즉시 잘리겠지. 나는 바로 여기, 창문 아래서 귀기울이고 지켜보겠네. 나는 늙은 유모가 아니고 졸지도 않을 테니 다른 기대는 하지 말게. 자, 여기 내 등을 밟고 올라가, 어서."

지상의 운이 다한 잉그의 망가진 발뒤꿈치가 처음엔 니그의 어깨 위에서 비틀거리다가 창턱으로 끌어당겨져 큰 소리를 내며 마룻바닥에 착지했습니다. 창 너머로 여자의 비명이 들리더니 연이어 겁에 질려 속삭이는 소리가 들렸습니다. 니그는 발끝으로 서서 한쪽 귀를 벽에 대고 간절한 마음으로 들었습니다. 여자의 속삭임은 이내 격분하여 고음의 질문으로 음조가 달라졌습니다. 대답이 없었습니다. 짧은 침묵이 이어졌고. 그런 다음 크나큰 비난과 울음이 뒤섞였습니다. 침묵은 좀더 이어졌습니다. 그리고 갑자기 조용하고 숨막히는 키스. 니그는 모자를 벗고 성호를 그었습니다. 키스는 매 순간 점점 더 분명해지고 더 잦아졌습니다. 니그는 손바닥으로 귀를 막고 바싹 마른 입술을 핥았습니다.

먼저 위에서 자루가 부드럽게 땅에 부딪히며 떨어졌습니다. 그런 다음 잉그의 발뒤꿈치가 창가에 매달려 고통스럽게 공기를 휘저었습니다. 니그는 재빨리 어깨를 그의 발아래에 댔고 잠시 후 두 친구는, 미리 배달되어 있던 살아 있는 짐인 그니가 기다리는 성문 탑 쪽으로 성벽을 따라 살금살금 가고 있었습니다.

그니도, 금화 자루도 무게의 절반을 성벽 안쪽에 남겨 두었으므로 그들은 도망치는 데 크게 방해받지 않았습니다. 아침이 되기 전에 그들은 숲 관리인의 외딴 오두막에 도착했습니다. 금붙이 몇 개가 상대적인 안전과 휴식을 보장해줄 것이었습니다. 니그는 바로 붉은 뺨을 지닌 숲지기의 아내에게 윙크했고 그녀는 지푸라기로 매트리스를 채우듯 음식으로 그니를 빵빵하게 채워 살찌웠습니다. 그런가 하면, 지난밤 자기가 행한 일이 너무도 자랑스러운 잉그는 말 좀 그만하고 쉬라고 아무리 말해도 설득할 수가 없는 지경이었습니다. 근질근질

한 그의 혀는 입속에 누울 수가 없었습니다. 침묵이야
말로 고갈되지 않는 이야기 주제이지요.

그러나 이들 셋이 조금 강해지자 네번째 녀석인 그들의
논쟁도 강해졌습니다. 이들은 최근 벌어진 사건들을 각
자 자기들 좋을 대로 해석하려고 했습니다. 의견은 마
치 못과 같아서 더 세게 때릴수록 더 깊이 들어가지요.
그리고 세 개의 입이 하나는 키스에서, 다른 하나는 말
에서, 또다른 하나는 음식에서 각각 일시적으로 분리된
이후로 셋 중 어느 하나도 자신의 의미와 더는 헤어지고
싶지 않았고 그 때문에 고통에 시달렸습니다. 그러나
황량한 숲은 메아리로만 대답할 뿐이어서 그들은 다시
길을 떠나기로 정했습니다.

"가게 놔두어야죠." 페브가 말했습니다. "하지만 구상
자 여러분, 이제는 되돌아갈 때입니다. 여기서부터 이야기
속 친구들의 이동 경로를 나는 점선으로 봅니다. 일련의 만
남은 길어질 수도 짧아질 수도 있으며 방황하며 논쟁한다는
플롯은 자유로운 전개를 가능하게 합니다. 이 끝에서 저 끝
까지 경로가 올가미 밧줄처럼 펼쳐지죠. 단, 중요한 한 가지
가 있습니다. 종잡을 수 없는 끝까지 던진 다음 고리를 붙잡
아야 한다는 것이죠. 이 이야기의 결말은 대략 이렇게 되어
야 한다고 생각합니다."

논쟁에 이끌려 걷고 또 걷다보니 어느새 세 사람 앞에 놓인 길을 바다가 가로막았습니다. 해안을 따라 방향을 튼 그들은 곧 배들이 항해하며 들고 나는 어느 항구에 이르렀음을 깨달았습니다. 그러나 바다는 고요했고 돛은 부풀지 않고 축 늘어졌습니다. 방황하며 떠다니는 논쟁도 바람을 기다려야 할 것입니다.

잉그가 받은 자루는 여전히 동전 10여 개를 딸랑거리고 있었습니다. 친구들은 선술집에 들어갔습니다. 포도주가 그들의 혀를 풀자, 잉그는 함께 술을 마시던 선원들, 바다 소금에 전 덩치 큰 젊은이들을 돌아보며 말했습니다.

"당신들 생각에 입의 의미는 무엇입니까?" 그는 그들에게 세 가지 대답 중 하나를 선택하라고 제안했습니다. 젊은이들은 뒤통수를 긁적이며 난처한 시선을 교환했습니다.

"하지만 그 모든 세 가지, 그 뭐냐, 그 의미들을 입 하나에 다 집어넣을 수 없다는 건가요?" 마침내 선원 한 사람이 이 낯선 사람들을 조심스럽게 바라보며 대답했습니다.

그러자 잉그가 관대하게 웃으며 설명했습니다.

"저마다의 목적이 다 다릅니다. 둔스 스코투스†가 말하길, 원인이라는 것에는 완전하고 총체적인 것과 불완전하고…… 음, 단순하게 말해서, 비어 있는 것이 있다고

† 둔스 스코투스(Duns Scotus, 1266~1308). 영국 스코틀랜드의 스콜라철학자. 자유의지론의 옹호자로 "의지 이외의 어떤 것도 의지적 행위의 완전한(또는 총체적인) 원인이 아니"라고 주장했다.

했습니다. 여기 병이 세 개 있습니다. 두 개는 비어 있고 하나는 가득찼습니다. 보이죠?"

"네, 보입니다." 젊은이가 미간을 찌푸리며 대답했습니다.

"자, 이제 이 병들을 눈이 멀쩡한 사람 앞에 놓고 그에게 선택하라고 말해보세요. 눈이 멀쩡하다면 그는 포도주가 담긴 병에 손을 뻗을 것입니다. 그렇죠?"

"그렇죠." 젊은이는 잉그를 따라 말했고, 그의 이마는 땀범벅이 되었습니다.

"자, 이제 눈을 감으세요."

젊은이는 눈꺼풀을 닫았고, 잉그는 재빨리 소리 나지 않게 병을 재배치했습니다.

"하나 집어보세요. 어서."

젊은이는 손을 뻗어 빈 병목을 움켜쥐었습니다. 웃음소리가 들렸죠. 자책하며 깜빡이는 선원의 눈을 바라보며 잉그는 말을 마쳤습니다.

"의미와 관련해서도 마찬가집니다. 사람들은 눈이 멀었죠. 그래서 그들의 의미는 공허합니다. 비어 있지 않은 병을 취해 마시는 사람은 드뭅니다."

정중한 침묵이 흘렀고, 이윽고 그중 가장 나이 많은 선원이 슬픔에 차서 한숨을 내쉬며 말했습니다.

"우리는 단순한 사람들이고 교육을 제대로 받지도 못했습니다. 우리가 어찌 그런 질문들에 답할 수 있단 말입니까? 하지만 바람은 온 세상 끝까지 불지요. 바다에 평온이 그치고 바람이 일면 나는 소금에 절인 생선을 싣고 항해를 떠날 것입니다. 먼 해안에서 건포도, 피스타치오와 맞바꿀 테고요. 나와 함께 갑시다. 아마도 바다 건너편에서 당신도 당신의 질문을 답과 맞바꿀 수 있을 것입니다."

그동안 새벽은 검은 창문을 빛으로 닦았고 세 사람은 돈을 지불하고 거리로 나섰습니다. 선술집 문턱에서 멀지 않은 곳에 야윈 등을 벽에 기대고 어떤 여자가 앉아 있었습니다. 그녀의 뺨은 새벽빛으로 물들어 있었지만, 밤이 다 새도록 그녀를 데려가 취하는 이 없었습니다. 오직 한푼도 값을 치르지 않은 아침 냉기만이 얼어붙은 손가락으로 그녀를 만지면서 그녀의 알록달록한 누더기 밑으로 점점 더 깊숙이 파고들었습니다.

"불쌍한 여자가 떨고 있어." 니그가 실눈을 뜨고 눈에 초점을 맞추며 말했습니다. "열정 때문에 떠는 것 같지는 않아. 뭘 기다리고 있을까?"

"자네의 키스지, 니그." 잉그가 그를 팔꿈치로 쳤습니다. "그녀의 입술에 난 종기가 자네를 그리워하고 있네."

"그러진 않은 것 같은데. 오히려 자네가 몇 마디 위로의 말을 전하는 게 좋겠어."

잉그는 연민 어린 심정으로 여자에게 몸을 굽혔습니다.

"내 딸아, 땅에 떨어져 썩지 아니하면 하늘에서도 열매 맺지 못하리라."

그때 그니가 발로 차서 그가 계속하지 못하게 막았습니다. 그런 다음 그는 얼어붙은 존재에 다가가 아무 말도 하지 않고 자기 주머니를 뒤져서 빵 한 덩이를 꺼내 그녀의 입에 넣어주었습니다. 여자의 가느다란 손이 곧바로 빵 껍질을 움켜쥐고 순식간에 이빨 쪽으로 밀어넣었습니다.

"가련한 아이야, 말해보렴." 그니는 그녀의 턱이 움직이는 것을 다정하게 바라보며 미소를 지었습니다. "하느님이 우리 얼굴에 구멍을 내신 것은, 그것을 통해 말을 쏟아내거나 멍청한 입맞춤으로 그것을 봉인하려는 것이 아니라 사람이 그것으로 음식을 먹는 기쁨을 알게 하려는 것이 아니냐?"

빵덩어리 때문에, 여자는 한동안 대답하지 못했습니다. 마침내 세 사람은 다음과 같은 말을 들었습니다.

"모르겠어요, 사실 우리 하는 일이라는 게, 키스하지 않고는 먹지도 못하거든요. 내게 묻지 말고 이 길로 쭉 가서 해안을 따라가세요. 동굴을 만나게 될 겁니다. 동굴은 비어 있지 않아요. 현자, 은둔자가 살고 있는데, 그는 모든 것을 알고 있기에 모든 것을 내던진 사람입니다."

"그러고 보니 은자에게 물어본 적은 아직 없었지. 무엇이 되었든 가보자고." 그렇게 구불구불한 길을 따라 떠돌아다니는 논쟁도 자기 길을 계속 갔습니다. 해 질 무렵, 친구들보다 앞서간 그니는 동굴 안 어둠 속으로 머리를 집어넣고 물었습니다.

"입에 가장 잘 맞는 게 무엇이오? 키스요, 말이오, 아니면 음식이오?"

어둠 속에서 들려온 것은 이렇습니다.

"이슬은 어디서 났습니까? 땅에서입니까, 하늘에서입니까?"

"하늘에서라고들 하지요." 잉그와 니그가 다가왔습니다.

"하늘에서요." 그들이 그 말을 확실히 했습니다.

그니는 당혹스러워하며 다시 어둠 속으로 고개를 찔러넣었습니다. 그러자 무언가 무거운 것이 그의 이마를 때리고 발을 찧고 밖으로 구르더니 동굴 입구에 널브러졌습니다. 평범한 무쇠 냄비였습니다. 친구들은 냄비를 안팎으로 샅샅이 살펴보았지만, 거기서 답을 찾지는 못했습니다.

"이제 자네들이 물어보지." 그니가 멍든 이마를 움켜쥐며 말했습니다. "나는 이만하면 충분한 듯하니."

그들은 동굴 입구에서 멀리 떨어져 밤을 보내기로 했습니다. 아침에 다시 길 떠나기 편하게 말이지요. 무쇠 냄비는 떨어질 때의 상태 그대로 바닥이 위로 향한 채 풀밭에 놓여 있었습니다.

제일 먼저 눈을 뜬 것은 그니였습니다. 이마에 부어오른 혹이 그를 깨운 것입니다. 새벽 광선 속에서 그는 낯선 사람이 옆에 앉아 있는 것을 보았습니다. 낯선 사람은 상냥하게 웃으며 물었습니다.

"은자를 만나러 오셨습니까?"

"그, 그렇습니다만, 당신도 그러십니까?"

낯선 사람은 아무 대답도 하지 않았습니다. 덥수룩한 회색 수염에 미소를 숨기고 그는 푸릇한 풀밭 끝에서 동터오는 새벽빛에 점점이 빛나는 이슬방울을 바라보았습니다.

"당신도 은자한테 오신 거라면, 그에게 가지 않는 편이 좋을 겁니다."

"왜지요?"

"대답 대신 바로 이걸 받을 테니까요. 좀더 정확히 말하자면 이걸로 맞는 거지만요." 그러면서 그니는 짜증이 나서 무쇠 냄비를 발로 걷어찼습니다. 냄비가 굴러갔고, 냄비 바닥 밑에 숨어 있던 풀잎 위로 그니는 빛의 유희 속에서 떨고 있는 커다랗고 생생한 이슬방울을 보고 놀랐습니다.

"맙소사," 그니가 외쳤습니다. "이것들이 어떻게 하늘에서 내려 저 냄비 아래로 들어갔지?"

"무쇠 냄비 안에 있는 것에 대해 그 원인을 알아내려고 하늘까지 올라갈 필요는 없지요." 그 낯선 이가 말하기 시작했습니다. "대답은 바로 여기, 냄비 아래, 땅 가까이에 있습니다. 그리고 당신 머릿속에서 일어난 일을 설명하기 위해 세상을 방황할 필요도 없습니다. 대답은 바로 여기, 당신의 정수리 아래, 질문 옆에 있습니다. 수수께끼는 항상 해답으로부터 만들어내는 겁니다. 항상 그랬고 앞으로도 그럴 것입니다. 늘 질문보다 먼저이지요. 친구들을 깨우지 말고 재우십시오. 집으로 돌아가는 길이 멀고 험난할 것입니다."

그렇게 노인은 냄비를 집어들고 어두운 동굴 속으로 사라졌습니다.

바로 그날, 세 사람은 집으로 돌아가는 여행을 시작했습니다.

플롯 구성의 바람직한 전통에 따르면 떠나는 여행은 길게 서술하고, 돌아오는 여행은 단발적으로 이야기해야 하죠. 그렇다면, 우리의 세 친구가 닳아빠진 신발창을 한 다스는 갈아치우고서 드디어 집에 거의 다 왔다고 가정해봅시다. 고향 마을이 그들을 반깁니다. 물웅덩이를 피하느라 검은 정복을 걷어올리던 수사가 잉그와 정중하게 인사합니다. 배가 부풀어오른 젊은 여인이 니그를 보고는 진흙탕에 양동이를 떨어뜨립니다. '세 명의 왕' 단골들은 창에 기대어 그니를 소리쳐 부르고 손을 흔들지만 세 친구는 손에서 지팡이를 내려놓지 않고 그대로 지나쳐 계속 길을 갑니다. 니그가 앞섭니다. 그는 다른 두 사람을 이그노타에게 데려가고 있습니다.

그들이 도착했습니다. 마당은 텅 비었습니다. 진흙 위로 막 지나간 듯한 바퀴 자국이 있고, 마당 대문에서 집 현관까지 소나무 가지들만 흩어져 있을 뿐이었죠. 문을 두드리지만 아무도 없습니다. 니그가 문을 밀자 문이 벌컥 열렸습니다. 그들은 통로로 들어갑니다. "여기야." 그런데 이그노타의 방문도 활짝 열려 있습니다. 잠자리로 마련된 페치카 돌판 위에는 지푸라기가 구겨져 있고 공기 중에는 향이 퍼져 있습니다. 인기척은 없습니다. 니그가 모자를 벗었습니다. 다른 둘도 그를 따랐습니다. 말없이 집을 나온 나그네들은 초록 솔잎을 따라 묘지로 향합니다. 십자가 사이에는 아무도 없습니다. 멀리서 삽으로 땅을 파는 소리가 들립니다. 그들은 소리를 따릅니다. 애도하는 사람들은, 전에 있었는지 모르겠지만, 지금은 가고 없습니다. 무덤 파는 사람만 망설이고 있습니다. 단단한 흙이 삽에 저항하고 있습니다.

"이그노타가 여기 있습니까?" 니그가 물었습니다.

"여기 있지. 단 그녀에게서 뭔가 원하는 게 있다면 나중에, 영접이 끝날 때 오시게."

"우리는 원하는 게 없습니다. 다만 한 가지 질문에 대한 답을 기다릴 뿐입니다."

"우리 일이라는 게 시체를 땅에 묻는 것이지, 질문을 파내는 것이 아니라오. 아시다시피 시체는 말이 없소. 무

191

엇을 물어도 입을 열지 아니하리라, 이지요. 아, 정확히
는 그게 아니지만." 무덤 파는 사람은 씩 웃으며 그들에
게 윙크했습니다.

"그들이 입을 열기는 합디다. 마치 마지막 말을 남기려
는 것처럼 입을 벌리지만 그들에겐 그걸 말하는 것이 허
락되지 않은 거지. 먼저 윗니와 아랫니가 맞물린 다음,
입이 흙으로 채워지거든. 그것이 어떠한 말이든, 죽은
자의 말을 들어본 사람은 아무도 없소. 아주 흥미로울
텐데 말이지."

"이런 막돼먹은 자를 봤나." 잉그가 발끈했습니다.

"왜 십자가가 없습니까?" 그니가 물었습니다.

"그런 부류에게는 세우지 않아요." 무덤 파는 사람이
중얼거리더니 다시 삽을 들었습니다.

그러자 세 사람은 지팡이를 서로 교차한 다음 동여매서
십자가를 만들었습니다.† 그것이 이그노타 위로 곧은
나무 팔을 벌렸을 때 잉그가 말했습니다.

"그래, 질문의 땅은 계속해서 확장되고 풍요로움이 갑
절이 되고, 오색찬란하게 빛나고 더 밝고 풍성해지는 반
면, 대답의 땅은 이 묘지처럼 황량하고 비참하고 낙담
하리라. 그러므로……"

"우리는 마시러 가세. 아멘." 그니가 마저 말했습니다.
세 사람은 이렇게 이야기를 마쳤습니다. 그들이 이야기
를 시작했던 바로 그 '세 명의 왕'에서 말이죠. 휴, 이게

---

† 　막대기 두 개가 아니라 세 개로 십자가를 만든 것으로 보아 가
로 막대가 둘인 로렌 십자가로 추측된다.

■ 답니다.

페브는 불규칙하고 거칠게 숨쉬면서 자리에 앉았다. 그의 눈은 다시 지방 속으로 파묻혔다. 의장은 잠시 후 침묵을 깼다. "자, 당신의 이야기도 우리의 존재하지 않는 도서관에 자리를 잡게 되겠네요." 그는 쓰지 않은 책을 어디에 둘지 고민하는 듯 선반의 검은 허공 속으로 손가락을 집어넣었다. "내가 보기에 당신의 주제는 일종의 명랑한 영구차 같습니다. 줄기차게 깜박이는 횃불 사이에서 바퀴살을 돌리고 화려한 술과 장례용 반짝이 장식을 흔들면서 도로의 구덩이 위에서 춤을 추지만, 그래도 그것은 어디까지나 영구차이며 그것이 향하는 곳은 묘지입니다. 다들 나를 보고 늘 불평만 하는 사람이라 할지도 모르겠지만, 친애하는 구상가 여러분들 모두 플롯의 끝을 하나같이 똑같은 무덤구덩이에 던져버리려고 애쓰는군요. 그러면 안 되지요. 결론을 다루는 문학적 기술을 더욱 섬세하고 다양하게 개발할 필요가 있습니다. 구덩이에 빠지는 것은 쉽지만, 거기서 빠져나오는 것은, 구덩이가 깊을 경우, 더욱 어렵겠지요. 우리가 무덤 파는 사람들의 삽을 집어들려고 펜을 내던진 건 아니지 않습니까?"

페브가 고개를 끄덕였다. "어쩌면 당신이 옳을지도 모릅니다. 우리는 정말이지 왜 그런지는 몰라도, 검은 사각형에서 흰 사각형으로 가기보다는 흰 사각형에서 검은 사각형으로 더 자주 이동하곤 합니다. 우리의 주제 해결이 행복하지 않은 이유는…… 불행한 탓이지요. 하지만 일이 이렇게 된 이상, 바람을 거슬러서도 항해할 수 있다는 걸 한번 보여드리겠습니다. 오래 걸리지 않을 것입니다. 내 주제의 전개를 무덤 맨 밑바닥까지 밀어붙일 것입니다. 그런 다음 그것이 구덩이에서 기어올라와 생명을 얻는 것을 지켜보시길 바랍니다."

"그럽시다, 그럼. 어디 들어봅시다." 제즈가 미소를 지으며 이야기꾼 페브의 의자에 자기 의자를 가까이 붙였다. "해보시오, 한번."

페브는 무언가를 떠올리려고 애쓰는 듯 고개를 뒤로 젖혔고, 천장에서 보랏빛 섬광이 그의 뺨 불룩한 거품 위로 튀어나왔습니다.

"이 구상은 벌써 수년 전 나를 파고들었습니다. 당시 나는 더 활기차고 더 호기심이 많았고 또, 먼 공간에 매력을 느껴 자주 여행을 다니곤 했습니다. 사건은 이렇게 일어났습니다. 언젠가 베네치아를 방문했을 때인데, 정오 직전의 뜨거운 칼레와 비콜레토⁺를 걸어내려오면서 나는—급한 용변을 해결하려고—거의 모든 벽마다 튀어나와 암모니아 냄새를 풍기는 대리석 장치 중 하나로 몸을 돌렸습니다. 배수구 주변 벽에 붙은 가지각색의 사각형 종이에서 성병 전문의의 주소가 눈에 들어왔습니다. 그 종이 한쪽 구석에 암모니아 물줄기들이 흰색 바탕에 검은색으로 쓰인 장식적인 글자들

⁺　각각 이탈리아어로 '거리'와 '아주 좁은 길'을 뜻한다.

을 전부 뒤로 물리친 가운데, 좁고 까만 테두리로 울타리를 친 명확한 조언 문구가 검은 십자가 아래서 시선을 집중시켰습니다.

오늘 죽을 100,000명을 위해 기도하는 것을 잊었습니까?

물론 이것은 대수롭지 않은 것이었죠. 건조한 통계 자료를 능숙하게 포착해낸 검은 사각형, 그 검은 사각형이 무언가를 상기시켰을 뿐입니다.

나는 죽음으로 인도되는 10만 영혼을 위해 기도하지 않았지만, 벽이 만든 그늘을 벗어나 밝은 태양 빛 가운데로 나오자, 수천 수만의 고통이 나의 하루를 가로막았습니다. 오늘 죽어가는 사람들 수천 명이 나를 둘러쌌고 태양이 수천 개 어둠 속으로 떨어졌습니다. 나는 밀랍 같고 날카롭게 생긴 얼굴들, 튀어나온 하얀 눈을 많이도 보았습니다. 콧구멍을 통해 뇌까지 관통하는 달콤한 부패는 나를 생각할 수도 살 수도 없게 했습니다. 그것이 나를 거의 육체적으로도 뚫고 지나갔다고 기억합니다. 나는 어느 식당 테이블에 앉았습니다. 종업원이 내게 포크와 나이프를 가져다주었는데, 그 순간 나는 서서히 식어가는, 가망 없고 겁에 질린, 오늘부터 영원히 사라질, 침몰하는 입을 가진 사람들 수천 명이 테이블 가득 있는 걸 보았습니다. 나는 천천히 식어가는 미네스트로네를 먹을 수 없었고, 내 생각은 그 저주받은 검은 사각형에서 벗어나려 사력을 다할 뿐이었습니다. 그러다 문득, 내 주제가 나를 도왔습니다. 주제가 단번에 쏟아져내린 것입니다. 기억하기로, 그것에 사로잡혀 기계적으로 일어섰고 재빨리 값을 치른 후……"

여기서 페브는—그를 따라 다른 이들도 모두—의자가 날카롭게 뒤로 밀리는 소리에 고개를 돌렸다. 뜻밖에도 나는 라르가 구상가들이 모여 앉은 대열에서 벗어나는 것을 보았다. 그의 손에는 조금 전까지도 벽난로 위에 놓여 있던 열쇠가 쥐어져 있었다.

"나는 이만 가겠소." 그가 짧게 말을 던졌다. 열쇠가 금속성으로 딸깍거렸고 문이 홱 열리더니 라르의 발걸음이 아래 어딘가에서 둔탁한 소리와 함께 끊어졌다.

모두 당황하며 서로를 쳐다보았다.

"무슨 일입니까?" 쇼그는 나간 라르를 쫓으려는 듯 반쯤 일어났다.

"정숙!" 제즈의 건조한 목소리가 울려퍼졌다. "앉으십시오. 이미 일어났다면 그 김에 문이나 닫아주면 좋겠군요. 신경쓰지 말고. 페브는 이야기를 계속합니다."

"아니, 페브는 다 끝냈소." 빵빵하게 부푼 뺨의 주인공 페브가 언짢아하며 짧게 말했다.

"그가 떠나서 그러는 거요?" 제즈가 머뭇거렸다.

"아닙니다. 상상할 수 있을 텐데, 그와 함께 떠났기 때문입니다, 그 주제도."

"당신은 라르를 괴짜로 만들고 싶은 게 틀림없군요. 그렇게 하시죠, 그럼. 이렇게 오늘 회의는 마치는 것으로 하겠습니다. 다만 다음 토요일 프로그램에 대해서는 지금 빠르게 상의한 후 마치도록 합시다. 다음은 쇼그의 차례가 될 것입니다. 그에게 페브가 설정해놓은 발판에서 뛰어내릴 것을 제안합니다. 내 말 들립니까, 쇼그? 검은색 테두리가 있는 종이 부착물 앞에서 그가 벽에 기대어 있는 자기 자신을 보게 하고, 페브를 따라 '오늘'의 무수한 고통을 다시 생각하게 합시다. 그런 다음 그가 검은색에서 흰색으로 도약하기를 바랍니다."

쇼그는 뻣뻣한 앞머리를 이마에서 쓸어 넘겼습니다.

"한번 해보죠. 그 밖에도, 오늘 모임에서 풀어나갔던 첫 번째 주제를 통해 당신이 표현한 대로 발판까지 달려가겠소. 자루 속에서 뛰게 해보죠. 일주일의 기한이 있으니 말입니다. 어쩌면 해낼 수 있을지도 모르지요."

6

다음 토요일이 하루하루 가까워질수록 나는 내 짐작과 추측에 점점 더 얽매였다. 라르의 "나는 이만 가겠소"는 어떻게 해석해야 하나? 페브를 겨냥한 단순한 의사표시였을까, 아니면 훨씬 더 강력하게, 더 멀리 보내는 항의였을까? 어쩌면 확고한 결정일 수도, 어쩌면 순간적인 변덕일 수도 있겠다. 라르는 무엇을 피한 것이었을까? 10만이었나 아니면 여섯이었나? 나는 자기 내면을 응시하는 그의 창백한 얼굴, 불규칙하게 멀어지는 그의 발걸음을 떠올렸다. 그는 혹시 내 도움이 필요했을까? 갈까 말까를 더이상 고민하지는 않았다. 게다가 그 토요일의 매력, 빈 선반의 흡인력, 책 없음의 검은 유혹이 내게도 영향을 미치기 시작했다.

그날, 그 시간을 기다리다보니, 나는 어느새 문자 살해 클럽 앞에 다 와 있었다. 다져진 눈 위로 벌써 봄의 서막을 알리는 온기가 스쳤고, 지붕에 매달린 고드름은 함석판에 조금씩 눈물을 떨구며 울었다. 문이 나를 모임 장소로 들여보냈을 때 내가 가장 먼저 본 것은 라르의 빈 의자였다. 다른 사람들은 모두 도착했다, 라르만 제외하고.

여느 때와 마찬가지로 검은 선반이 있는 이 방과 세상을 분리하듯 열쇠가 한 번 그리고 또 한 번 찰깍거렸다. 뇌에 짧고 따뜻한 자극을 느꼈다.

오늘 말하기로 되어 있는 쇼그는 사람 없는 곳을 불안한 시선으로 몇 번 계속 훑었다. 의장 제즈가 신호를 보내자 쇼그는 다가오는 봄이 불을 꺼버린 벽난로의 어두운 구멍으로 얼굴을 향하고 집중력을 발휘했고 이내 말하기 시작했다.

> 마르크 리키니우스 셉트는 어두침침한 타블리눔† 문가에서 발견되었습니다. 그는 펼쳐진 두루마리 사이에 죽어 누워 있었습니다.
> 고인 셉트의 노예들인 만리우스와 절름발이 노인 에지디우스는 시신을 타블리눔의 석조 벤치로 옮기고는 가는 빨간색 테두리 장식이 있는 토가를 서둘러 입힌 후 피 묻은 거품으로 덮인 얼굴과 입을 씻겼고 치명적인 경련으로 꽉 물린 이를 벌려 구리 오볼‡을 집어넣으며 장

---

† 고대 로마의 주거 양식으로 정문에서 가장 먼 주랑의 안쪽에 있는 응접실.
‡ 고대 그리스와 로마에서 사용한 동전. 6오볼이 1드라크마이다. 고인의 입에 오볼을 꽂아 물리면 고인의 영혼이 하데스에 가는 길에 아케론강이나 스틱스강을 건널 때 뱃사공 카론에게 값을 치를

례 절차를 따랐습니다.

나이든 전문 애도꾼 두 사람이 망자의 냄새를 맡고서 이미 뒤뜰로 난 문의 청동 문고리를 두드리고 있었습니다. 그 뒤뜰, 물이 튀는 분수 옆에서 에지디우스는 단 일 이십 세스테르티우스'라도 더 흥정해내려고 저잣거리 노파들처럼 목청 높여 말다툼을 벌였습니다. 고인 마르크 셉트는 가난했으니 돈을 아껴야 했습니다.

만리우스는 상여를 주문하고, 피울 향을 사고, 횃불을 들 사람들과 협의하고, 고인의 친구 두세 명에게 알리기 위해 동분서주했습니다. 마르크 셉트는 사람들과 친밀하게 지내는 것을 피하면서 파피루스와 밀랍 서판에 둘러싸여 가난하고 외롭게 살았습니다. 만리우스는 해 떨어지기 전에 이 일들을 다 감당하리라 마음먹었습니다. 그러나 시신을 돌보지 않고 그냥 방치할 수는 없지요. 사악한 유충과 방황하는 영혼의 먹잇감이 될 수 있으니 말입니다.

"파비아, 얘, 파비아, 너 어딨니? 또 밖에 나간 게냐, 이 장난꾸러기 녀석아, 응? 어서 이리 와. 이 의자를 들고 주인님 발치에 앉거라. 무서워할 것 없어. 창백하고 미동도 없으시다. 주인님은 돌아가셨어. 음, 얘야, 네가 이해하기는 어렵겠구나. 에지디우스가 노파들과 일을 마무리할 때까지 여기 얌전히 앉아 있거라. 나도 거기 있을 거다."

수 있다고 믿었다.

ϟ　고대 로마에서 사용한 동전. 명칭의 유래는 semis-tertius에서 온 것으로 2와 2분의 1이라는 의미이다.

여섯 살 된 작은 파비아에게도 나름대로 중요한 자기 일이 있었으니, 아버지가 그렇게 엄하게 지시하지 않았다면 아이는 결코 그 어두컴컴한 방에 머물지 않았을 것입니다. 집 뒤편 네거리에 행상인이 설탕에 절인 대추야자와 건포도, 무화과를 쟁반에 들고 서 있었거든요. 보는 것만으로도 기분이 좋았습니다. 그렇지만 이곳은 ……

파비아는 의자에 앉아 다리를 끌어당기고는 귀기울여 듣기 시작했습니다. 타블리눔은 고요했습니다. 파란 파리조차 앵앵거리다 이내 숨죽였지만, 벽을 통해 행상인의 외침이 울려퍼졌습니다. "대추야자, 대추야자요. 한 꾸러미에 1오볼. 달콤한 대추야자 사시오. 1오볼, 단돈 1오볼……"

'오, 그렇다면.' 파비아의 작은 심장이 방망이질 치기 시작했고, 아이는 진홍빛 입술을 핥았습니다.

마르크 리키니우스 셉트는 돌처럼 굳은 입술 사이에 오볼을 꽉 끼고 누웠지만 듣기도 했습니다. 죽음으로 예리해진 그의 청각이 애도하는 사람들의 목소리, 행상인의 외침을 통과합니다. 계속해서 거리의 소음과 비명을 통과하고 또 이승의 온갖 말소리를 통과해서 이제는 멀리서 카론의 노가 물살을 가르는 소리와 그를 아케론의 검은 물결로 부르는 영혼의 애절한 속삭임을 분명히 가려냈습니다. 죽은 셉트에게는 먼 궤도를 밟고 있는 별들의 발걸음과 여전히 바닥에 흩어져 있는 파피루스 두루마리에서 득시글거리는 글자들의 바스락거리는 소리 또한 들렸습니다. 또한 하데스의 뜻과 지금 바로 옆에 앉아 있는 노예의 딸 꼬마 파비아의 생각도 알 수 있었습니다. 안개 낀 유리창처럼 흐릿해진 그의 눈동자 속에서 아이의 눈이 파르르 떨리는 속눈썹과 함께 파랗게 빛나고 있었습니다. 생명이었습니다. 그리고 이제 안개가 그의 눈동자를 서서히 빨아들이기 시작했습니다.

카론의 노가 가까이 다가왔습니다.

"달콤한 대추야자, 말린 대추야자, 오볼 한 냥, 단돈 오볼 한 냥."

"오, 유노[†] 여신이시여, 만일 제게……" 파비아가 속삭였습니다.

딱딱하게 굳어가는 근육을 끔찍할 만큼 마지막까지 짜내어 리키니우스 셉트는 다문 이를 풀었고(이 노력으로 눈가를 맴돌던 안개가 두꺼워져 파비아와 벽과 온 땅이 덮였습니다) 새로운 구리 오볼이 입술에서 미끄러져 나와 바닥으로 구르더니 깜짝 놀란 파비아의 발 옆에서 부드러운 땡그랑 소리와 함께 멈췄습니다. 아이는 의자 상판 위로 다리를 들어올리고는 가쁜 숨을 내쉬었습니다. 온통 고요했습니다. 움직임 없는 주인님은 투명하게 하얀 얼굴로 다정하게 미소 짓고 있었습니다. 파비아는 오볼 쪽으로 손을 뻗었습니다.

[†] 그리스신화의 헤라에 해당하는 로마의 여신. 신들의 여왕이며 가정을 보호하며 혼인을 관장한다.

대추야자는 무척 맛있었습니다. 하지만 마르크 리키니우스 셉트는 그렇게 땅에 묻혔습니다. 오볼 없이 말이지요. 다들 못 보고 넘어갔습니다.

이승에서 셉트의 기한이 다 찼습니다. 그는 조용히 신음하는 영혼들 틈에서 땅 위로 솟아올라 죽은 자의 거처로 향했습니다. 그의 뒤에서는 여전히 흥정을 벌이는 전문 애도꾼들이 날카롭게 비명을 지르며 주기적으로 소리치고 있었고, 앞에서는 아케론의 검은 파도가 철썩이고 있었습니다.

자, 강둑입니다. 노 젓는 소리가 들리는군요. 쏴악! 가까워집니다. 점점 더. 목선이 흔들리며 뱃전이 강둑에 쏠렸습니다. 흔들리는 영혼들이 이 소음으로 한데 몰려들었습니다. 그들과 함께 셉트도 마찬가지였지요. 늙은 뱃사공 카론은 강기슭에 한 발을 내디뎠습니다. 피처럼 붉게 번쩍이는 섬광 가운데 그의 얼굴이 도드라졌다가 곧 희미해졌습니다. 앞으로 툭 튀어나온 턱, 무성히 자라 헝클어진 회색 수염, 탐욕스럽게 번뜩이는 눈이 거기 있었지요. 앙상한 손을 떨면서 카론이 늘 하던 대로 빠르게 죽은 자들의 입을 더듬자 오볼이 하나둘 차례로 짤랑거리며 그의 허벅지에 붙은 가죽 주머니로 떨어졌습니다. 그의 손가락이 셉트의 입술 또한 스쳤습니다.

"오볼, 강을 건널 삯, 당신의 오볼은 어디 있나?" 뱃사공이 물었습니다.

셉트는 말이 없었습니다. 그러자 카론은 노를 저어 멀어져갔습니다. 영혼들을 가득 태운 목선이 떠내려갔습니다. 셉트는 황량한 죽음의 기슭에 홀로 남았습니다.

이승에서는 낮이 지나면 밤이 되고 밤이 지나면 낮이 되고 낮이 지나면 다시 밤이 됩니다. 그러나 검은 아케론 강가에서는 밤에서 밤으로 또다른 밤으로 계속 이어질 뿐이었습니다. 새벽도, 정오도, 황혼도 없었습니다. 뱃사공의 작은 배는 수천 번 정박하고 수천 번 출항했지만, 마르크 셉트는 여전히 혼자 남았습니다. 삶과 죽음 사이에서 말이죠. 그는 작은 배가 물살을 가르는 소리를 들을 때마다 물가로 다가갔으나 인색한 카론은 오볼을 지니지 않은 그를 매번 옆으로 밀쳐냈습니다. 오볼을 가져오지 못한 셉트는 그렇게 검은 물가를 계속 떠돌아다녔습니다. 삶을 내던졌으나 죽음으로는 들어가지 못한 채로 말입니다.

그는 서둘러 떠나는 영혼들에게 오볼을 청해보았지만, 그들은 얼어붙은 입술에 하데스의 땅으로 가는 자기 운임을 더 꽉 다물어 쥐고는 지나가버렸습니다. 어둠이 그들을 따랐습니다. 셉트는 그의 부탁이 헛되다는 것을 알고 있었습니다. 그는 이승을 향해 고개를 돌리고서 죽은 자의 오볼을 제 입으로 내주었던 그 어린 소녀가 아케론강에 오기를 여러 해 동안 기다리기 시작했습니다.

205

대추야자는 달콤했습니다, 그랬죠. 하지만 인생은 씁쓸하고 기쁘지 않았습니다. 주인의 갑작스러운 죽음 이후, 노예의 딸인 소녀 파비아는 네 번이나 되팔렸습니다. 그녀가 푸른 눈을 지닌, 아름다운 아가씨가 되자 남자들은 그 입술에 키스하고 그 몸을 어루만졌습니다. 그렇게 그녀는 인간의 손에서 맹수의 발톱으로, 다시 꿈틀대는 촉수로 넘겨졌습니다. 슬픔이 그녀의 푸른 눈에 스며들어 쉽게 되팔리지 않는 그녀의 영혼에 머물렀습니다. 시간은 땅에 떨어진 낡은 오볼처럼 한 해 두 해 굴러갔습니다. 그녀의 육체를 가졌던 마지막 주인인 옛 총독 가이우스 리지디우스 프리스쿠스는 자기 첩에게 관대했습니다. 파비아는 향을 피우고 부채를 흔드는 가운데 대리석 침대에서 잠들었지만, 이상한 꿈이 세 번이나 끈질기게 그녀를 찾아왔습니다. 검은 강물이 철썩이고 있었고, 어딘지 낯익고 매우 사랑스러운 얼굴이 굳은 입을 고통스럽게 열며 아득하고 슬픈 목소리로 속삭였습니다. "오볼, 내 오볼, 내 오볼을 돌려줘."

파비아는 가난한 사람들과 교회에 오볼 한줌을 모두 나누어주었지만, 그 환영은 사라지지 않았습니다.

총독 리지디우스가 사망했습니다. 파비아는 재산목록에 포함되어 그의 상속인이 물려받게 되어 있었습니다. 상속인의 하인들이 그녀의 방문 앞에 다다랐을 때 보라색 커튼 뒤에서는 아무도 대답하지 않았습니다.

그들은 안으로 들어갔습니다. 파비아는 대리석 침대 위에 누워 팔을 뻗은 채로 움직이지 않고 있었습니다. 포옹하려는 듯 말입니다. 재산목록에 제5번으로 기재된 항목은 관련 절차에 따라 삭제되어야 했습니다. 자살자들의 묘지는 새로운 시신을 접수했습니다.

마르크 셉트는 다가오는 영혼을 알아보았습니다. 그것은 길게 늘어진 죽은 자들의 행렬에 미끄러져 들어왔고 고개를 뒤로 젖힌 채 투명한 흰 팔을 마치 포옹하듯 벌리고 있었습니다. 창백한 입술 사이에서 반쯤 튀어나온 오볼이 반짝였습니다. 카론이 작은 배를 노 저어 왔습니다. 셉트는 파비아의 가는 길을 막아섰습니다.

"날 알아보겠느냐?"

"예."

"나는 죽음과 삶 사이에서 이렇게 몇 년이나 기다리고 있었다. 내 오볼, 죽은 자의 오볼을 돌려줘."

그때……

마치 길이 가로막힌 것처럼 이야기가 갑자기 멈췄다.

"그때," 쇼그는 느릿느릿 청중을 둘러보며 반복해 말했습니다. "그 '그때' 다음에 무엇이 따라 나와야 할까요? 당신이라면 어쩌겠어요, 히그?"

지목받은 히그는 순식간에 놀란 표정을 지었습니다. 팔꿈치와 턱끝을 불쑥 내밀고 질문을 맞이한 그는 한 단어를 다음 단어로 밀어붙이기 시작했습니다.

"그 '그때'를 위해 '언제'를 찾을 필요가 없습니다. 소용없는 일입니다. 당신은 끝을 찾는 것보다 시작을 잃기가 더 쉬운 기이한 안개 속으로 주제를 몰아넣었소. 출구는 알아서 찾으십시오. 난 아케론으로는 가지 않을 겁니다."

"당신은 어떻소, 다스?" 쇼그는 계속했고, 그가 농담하는 건지 진지하게 묻는 건지 알 수 없었습니다.

다스의 동그란 안경 렌즈가 한쪽에서 다른 쪽으로 빠르게 움직였습니다.

"친애하는 샤그, 아, 미안합니다, 쇼그. 나라면 당신의 영혼들을 이렇게 처리하겠습니다. 오볼 하나를 둘에게 주는 겁니다. 없는 것보다는 낫지 않겠습니까. 자, 오볼을 받은 카론이 파비아와 셉트를 목선에 태웁니다. 아케론 한가운데서, 즉 죽음과 삶의 두 기슭 사이에서 신의 일을 하는 수전노가 그들에 말합니다. '당신들은 내게 요금을 절반씩만 냈소.' 지옥으로 인도하는 뱃사공이 이미 노를 들어 위협했으므로 당신의 영웅들은 어쩔 수 없이 강 한가운데에서 하선합니다. 그리고 곧장 에우리피데스와 아리스토파네스가 칭송한 바 있는 아케론의 저 이름난 개구리가 신성하게 우는 곳[†]으로

[†] 아리스토파네스의 희극 『개구리들』은 BC 405년에 공연된 작품이다. 극중 디오니소스는 창조적인 시인이 더이상 존재하지 않는 현실을 개탄한다. 아이스킬로스(BC 525~456), 소포클레스(BC 497~406), 에우리피데스(485~406), 세 명의 위대한 시인이 모두 세상을 떠났기 때문. 디오니소스는 헤라클레스로 분장해 저승으로 내려가 시인을 데려오기로 결심한다. 저승으로 내려간 디오니소스는 카론의 배를 타고 강을 건넌다. 노를 젓는 디오니소스의 구호 소리에 맞추어 강에 사는 개구리들도 화음을 맞춘다. 극중 개구리가 등장하는 유일한 장면은 개구리 합창단이 당시 세상을 떠난 지 얼마

가는 것이죠. 거기가 그들이 갈 곳입니다."

고개를 끄덕여 감사를 표시하고서 쇼그는 다음 사람에게로 몸을 돌렸습니다.

"페브?"

"아케론의 두꺼비 중 하나가 폐에 자리잡은 사람이라고 해서 죽음을 둘러싸고 흐르는 강바닥이 언제나 웃음을 불러일으키는 것은 아닙니다. 하나만 말하겠습니다. 당신의 이야기는 내 입술에 구리 동전의 뒷맛을 남겼습니다. 다음 사람에게 물어보십시오."

그러나 다음 사람인 튜드는 자기 이름이 불리기를 기다리지 않았습니다. 무릎과 무릎이 닿을 정도로 의자를 쇼그 쪽으로 가까이 끌고 간 그는 재빨리 입을 열었습니다.

"내 생각에 당신, 아니 우리의 결말을 이렇게 추측할 수 있을 듯하군요. 잠시만요…… 그때 파비아는 자기 입술 사이에서 반짝이는 오볼을 셉트 쪽에 가져갔습니다. 셉트도 그쪽으로 마른 입을 뻗었습니다. 처음에는 그들의 입술이 하나가 되었고, 다음에는 그들의 영혼이 하나가 되었습니다. 떨어진 오볼은 두 세계 사이의 검은 물속으로 미끄러져 사라져버렸습니다. 멀어져가는 카론의 나룻배에 그들은 없었습니다. 둘은 죽음과 삶 사이에 머물렀습니다. 왜냐하면 그것이 바로 사랑이기 때문입니다. 아시겠습니까? 제즈가 뭐라고 말할지 궁금하군요."

제즈는 심드렁하게 대답했습니다. "결말을 고민하는 대

되지 않았던 비극작가 에우리피데스를 조롱하는 장면이다. 희곡은 개구리들이 개굴개굴대는 소리를 의성어로 표현했다. "브레케케케켁, 코악, 코악, 브레케케케켁, 코왁, 코악(Brekekekek, ko-ak, ko-ak, Brekekekek, ko-ak, ko-ak)!"

신 시작을 새롭게 바꾸는 편이 낫겠습니다. 나라면 시작을 완전히 다르게 세울 것 같군요."

"어째서 그렇습니까?"

"모르겠습니다. 아마도 내가 인간이라서…… 이와 이 사이에 오볼을 넣고 악물고 있는 인간이라서요. 다음주 토요일에 내가 할 이야기가 이 말을 분명하게 해줄 겁니다. 모두에게, 끝까지."

7

나는 집에 돌아와서 정신 못 차릴 정도
로 엎치락뒤치락하던 저녁을 되새기느라 오랫동안 앉아 있
었다. 줄줄이 딸려오는 이미지 속으로 침묵하던 라르의 빈
의자가 자꾸만 끼어들었다. 라르라면 죽은 자의 오볼을 어
떻게 처리했을까? 그런 다음 나는 이전 모임에서 그를 도망
치게 만든 이유에 대해 생각하기 시작했다. 그리고 이상하게
도 지난주 내내 나를 괴롭혔던 불안이 잠잠히 가라앉고 있
었다. 우연한 일이라 여겨지지 않았다. 라르가 그룹에서 탈
퇴한 것이 분명했다. 오히려 잘되었다. 내 계획은 이랬다. 구
상자들의 모임에 한번 더 참석해 라르의 결정을 최종적으로
확인하고 그의 실명과 가능하다면 주소까지 신중히 알아내

는 것이었다.

그 주 내내 나는 건강 상태가 다소 좋지 않았다. 집밖으로는 아예 나가지 않았다. 창밖에는 겨울이 고통 가운데 있었다. 눈이 검게 변해 사그라들었고, 썩은 웅덩이에서 더러운 진흙덩어리가 드러났고, 벌거벗은 나무 위에는 마치 부패를 기다리는 듯 까마귀가 날개를 구부정하게 한 채 서 있었고, 창턱 양철판 위로 물방울이 구약 시편을 낭송하듯 운율을 맞추어 떨어지며 중얼거렸다.

매일 한 장씩 뜯어내는 내 일력은 토요일이라는 단어를 보기 전에 숫자를 여섯 번 갈아치웠다.

저녁 무렵, 평소와 같은 시간에 나는 모임 장소로 향했다. 라르에 관해 묻기 위해 누구에게 가서 어떤 방식으로 접근해야 할지 생각하느라 한 걸음 한 걸음 천천히 걸었다. 우리가 모였던 집 근처에 오자 한 남자가 현관 계단을 질주하는 게 보였다. 펄럭이는 망토와 푹 눌러쓴 모자 아래로 그가 튜드라는 것을 알아볼 수 있었다. 나는 그를 소리쳐 부르고 싶었으나 방법을 알지 못했다. 그동안 그는 집 모퉁이를 돌아다녔다. 당황한 나는 현관으로 올라가 벨을 눌렀다. 문이 곧장 열렸고 내 앞으로 제즈가 얼굴을 빼꼼히 내밀더니 조심스럽게 주위를 둘러보았다. 들어가려고 했으나 그가 길을 가로막았다.

"모임은 없을 거요. 라르 소식을 아나?"

"아니요."

"아, 글쎄, 입에 총구를 넣었고…… 장례는 내일이오."

나는 묻지도 대답하지도 못하고 망연자실한 채 서 있었다. 제즈가 얼굴을 가까이 댔다.

"괜찮소. 모임을 한두 주 정도 중단해야 할 뿐 그 이상은 아닐 거요. 경찰이 방문할 수도 있소. 그렇게 하라지. 허공을 수색하는 사람들은 아직 아무것도 찾지 못했으니까. 초조한 듯 보이오만…… 그럴 것 없소. 무슨 일이 있어도 하나만 할 줄 알면 되오. 이 사이에 오볼을 꽉 물고 있는 것. 그거면 되오."

문이 쾅 닫혔다.

다시 벨을 누르고 싶었지만, 마음을 바꾸었다. 방으로 돌아온 나는 망연자실한 상태에서 오랫동안 벗어나지 못했다. 나는 팔걸이의자를 테이블 가까이 끌어다놓고 앉아서 창밖의 검은 밤을 의미 없이 멍하게 바라보았다. 벽에 걸린 시계추가 계속해서 똑딱거렸다.

나는 그들을 기다린 것이 아니었다. 토요일 다섯 번에 걸쳐 차례차례 그들이 스스로 왔다. 나는 그들을 내 기억에서 몰아내려 노력했지만, 그들은 나가지 않았다. 그래서 나는 잉크병에 손을 뻗어 뚜껑을 찰칵 열었다. 토요일들은 그렇게 고개를 끄덕였고, 이따금 입술도 움직였다. 그리고 받아쓰기가 시작되었다. 펜을 따라가기 어려울 정도였다. 다섯 입에서 갑자기 쏟아져나온 말들이 펜촉의 갈라진 틈 아래서 서로를 밀쳤다. 허기와 성마름으로 그들은 잉크를 탐욕스럽게 마셨고 그들의 줄달음은 한 줄 한 줄 나를 채근했다. 검은 서가의 허공 가운데 갑자기 움직임이 일었다. 나는 넘쳐나는 형상들을 처리하기에 급급했다.

이렇게 네번째 밤이 끝나간다. 내 말도 끝나가고. 이렇듯 전혀 뜻밖에 시작된 내 글쓰기 인생은 갓 태어난 채로 죽을 것이다. 부활은 없을 테다. 말하자면 나는 작가로서 재능이 없지 않은가, 이것은 사실이다, 나는 언어를 잘 다루지도 못한다. 나를 데려가 복수의 도구로 고용한 것은 바로 저들이다. 이제 저들의 뜻이 이루어졌으니 나는 언제 버려질지 모른다.

그렇다. 잉크가 채 마르지 않은 이 원고는 내게 많은 것을 가르쳐주었다. 말은 사악하고 집요하다. 누구든지 말을 한입 베어 물고자 하는 사람은 말을 죽이기는커녕 곧 말에 죽임을 당하고 말 것이다.

자, 이게 전부이다. 바닥까지 완전히 탈탈 털었다. 다시는 말하지 않으리라, 영원히. 나흘 밤의 황홀경이 내게서 모든 것을 거두어갔다. 극한까지 전부 다. 비록 그다지 길지 않은, 짧은 순간에 불과했을지라도 이로써 나는 궤도를 이탈해 '나'를 넘어설 수 있었다.

이제, 말들을 돌려주려 한다. 전부, 단 하나만 제외하고. 그 하나는 바로 '삶'이다.

1926.

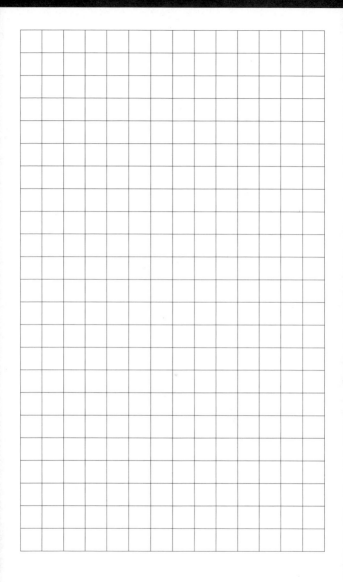

역자 후기
: 크르지자놉스키라는 낯선 세계

1

소비에트 소설가이자 극작가, 연극 이론가, 번역가였으며 최고 수준의 셰익스피어 전문가이기도 했던 시기즈문트 크르지자놉스키를 한 비평가는 "놓친 천재"라고 불렀다. 시대에 어울릴 수 없었던 크르지자놉스키는 스스로에 대해 이렇게 말했다."오늘은 나와 편한 사이가 아니지만, 영원은 나를 사랑한다." 또 이렇게도 말했다. "불행한가? 그렇다면 당신은 인간이다." "바쁜 인류에 합류한 이상 일단 당신의 삶을 만들어라. 그리고 떠나라."

크르지자놉스키는 확실히 아주 특이하고 매우 과소평가된 작가 중 하나다. 그의 이름은 20세기 러시아문학의 정전으로 진입 속도를 높이고 있지만, 여전히 그 변두리 어딘가를 서성이고 있다. 문학적 격동의 시기인 1920년대에 모스크바로 이주한 소비에트 작가 세대에 속하는 그는 같은 세대의 미하일 불가코프, 유리 올레샤, 안드레이 플라토노프 등에 비해서도 가장 잊힌 사람이었다.

그의 작품들은 종종 기이하지만, 예외 없이 아름답다. 동시대인들에게 예술가들의 예술가로 불리며 하나의 현상으로 인식되었던 크르지자놉스키는 그러나 생전에 자기 작품의 출간을 보지 못했다. 첫번째 책의 출간은 그가 세상을 떠난 지 39년 후에야 이루어졌다. 그의 작품들은 러시아에서 출간된 후 거의 시차를 두지 않고 유럽 언어로 번역되어 출판되었다. 러시아 밖에서는 그를 "러시아의 보르헤스" "러시아의 카프카"라고 칭했고 그의 글에 대해서는 우아하고 지적이며 존재의 신비에 가닿게 한다는 평이 뒤따랐다. 확실히 그가 직조하는 이야기들은 낯선 비유로 밀도 높은 아름다움을 풍성히 쌓아나간다.

시기즈문트 도미니코비치 크르지자높스키는 1887년 2월 11일 키예프 근처 데미우카의 가톨릭교도 폴란드 가정에서 태어났다. 그는 김나지움 5학년 때 임마누엘 칸트의 『순수이성비판』에 몰두했던 자신의 이력을 짧은 자서전에서 밝힌 바 있다. 손에 초콜릿을 들고 침대에 앉아 주관과 객관에 대한 문제를 스스로 풀기 전에는 절대로 초콜릿을 먹지도, 불을 끄지도 않겠다고 자신에게 다짐했다는 것이다. 강박에 가까울 정도의 철학적 집착에서 그를 구원한 것은 집 서가에서 발견한 셰익스피어의 희곡이었다. 엄밀히 말해 칸트와 셰익스피어 사이의 논쟁이 최종적으로 해결된 것은 아니었고 크르지자높스키는 철학적 질문을 소설의 재료로 삼아 "생각의 모험"을 떠나는 방식으로 대답을 우회했다. 이후 키예프대학 재학 시절인 1912년에 시를 발표하면서 본격적 문학 활동을 시작했는데 적군(赤軍)에 복무하던 1918년의 일화는 그의 문학적 몰입을 상징적으로 보여준다. 보초를 서던 크르지자놉스키는 소총을 내려놓고 배우가 무대를 서성이듯 라틴어로 베르길리우스를 낭송하다가 당시 키예프 군대 위원이었던 혁명가이자 작가인 세르게이 므스티슬랍스키에게 발각되었다. 므스티슬랍스키는 징계를 내리는 대신 이 교양 있는 병사와 우정을 맺기로 했고 이 우정은 훗날 크르지자놉스키에게 하나의 구원이 된다.

1919년 한 잡지에 크르지자놉스키는 단편 「야코비와 야코브이」를 발표하며 데뷔한다. 철학자 프리드리히 야코비가 자신이 쓴 말과 논쟁을 벌이는 이 강렬한 데뷔작('야코브이'는 러시아 말로 '어쩌면'이라는 뜻이다)은 그러나 이내 묻히고 만다. 당시 크르지자놉스키는 키예프에서 이미 인기 있는 강연자로서 극장과 음악원에서 연극사 및 연극 이론, 음악사 및 음악 이론 등에 관한 공개 강의에 나서곤 했다. 그 박식함과 기억력으로 모두를 놀라게 했는데, 강연 중 메모를 사용하지 않고 복잡한 논문의 페이지 전체를 기억에만 의지해서 인용했다거나, 단테의 『신곡』을 원문으로 낭송하면서 그 자리에서 번역했다는 말이 전설처럼 떠돌았다.

1922년 모스크바에 도착한 크르지자놉스키를 돌보며 그를 모스크바 지식인 사회에 소개한 이는 류드밀라 세베르초바였다. 이때 크르지자놉스키는 블라디미르 베르나츠키, 니콜라이 젤린스키 같은 과학자들의 발표를 집중해 들을 수 있었다. 이 시기 그는 아주 작은 방에서 생활한 경험을 토대로 단편 「크바드라투린」(1926)을 쓴다. 주인공 수툴린이 성냥갑 같은 방을 확장해줄 수 있다는 기적의 농축액 "크바드라투린"을 홍보하는 외판원의 방문을 받는 것으로 시작되는 이 소설에는 선택의 여지 없이 협소한 주거 공간에 머물러야 하는 사람의 운명에 대한 성찰이 담겨 있다. 소설의 결말에서 수툴린은 조명이 없어 어두운 한밤중 기형적으로 확장되어버린 방의 무한함을 극복하려 "손가락을 앞으로 쭉 뻗은 채 한 걸음 한 걸음 걸어가지만 아무것도 발견하지 못한다". 그는 무정형의 무한 가운데 "사막에서 길을 잃고 죽어가는 사람"처럼 비명을 지르기 시작한다.

크르지자놉스키는 점차 모스크바 문학계에 합류하여 연극 전용 극장과 요안나 브류소바의 집 등에서 단편들을 낭독했다. 그 자리에는 안드레이 벨리, 유리 올레샤 등이 있었다. 미하일 불가코프가 "도달할 수 없는 재주로 단편을 쓰는" 젊은 작가로 묘사할 만큼 그는 유명 인사였다.

그러나 작가로서 일반 대중과 만나는 일은 쉽게 이루어지지 않았다. 그의 단편들은 마지못해 출판되거나 대개는 거부되었다. 시기즈문트는 줄곧 빈곤의 문 앞에서 살았다. 이를 보다 못한 배우이자 연극 연출자였던 알렉산드르 타이로프가 체스터턴의 장편 『목요일이었던 남자』를 원작으로 한 연극 공연을 제안했다. 당시 출판을 결정하는 것은 당서기들이었던 탓에 각종 검열에 걸려 활자화될 것을 크게 기대할 수 없는 상황에서 극적인 낭독을 매개로 한 '연극 소설'로 그는 애독자를 확보하기 시작한다. 한편 잡지 『예술, 문학 및 연극 주간』에 실린 「스탬프: 모스크바」라는 수도에 관한 수기 형식의 중편이 독자들의 호응을 얻자 그에 주목한 편집자는 그에게 다른 작품을 더 보내달라고 요청했다. 크르지자놉스키는 편집자에게 『시체의 자서전』(1925)이라는 중편을 건넸다. 『시체의 자서전』은 그의 다른 작품들과 마찬가지로 기상천외한 신조어(연구자들은 그가 만들어낸 신조어가 천여 개에 달한다고 말할 정도다), 역설적 표현, 굴절된 문학 형식으로 가득차 있는 소설이었다. 제목이 암시하듯 이 작품에서 산 자와 죽은 자는 같은 장소 안에서 공존하고 상호 배타적인 공간은 결합한다. 그러나 게재는 매달 지연되더니 잡지의 지면이 절반으로 줄면서 결국 작품을 실을 여지가 없게 되었다. 개인적 불운에 경제적 위기가 더해지고 당내 숙청이 이어지는 가운데 므스티슬랍스키의 도움으로 그는 소비에트 대백과사전 출판 일에 합류해 문학, 예술 및 언어학 분야의 책임 편집자가 되었다.

크르지자놉스키 창작의 전성기는 1920년대부터 1930년대 초반까지였다. 중편 『문자 살해 클럽』 『뮌하우젠의 귀환』 『미래에 관한 회상』, 단편 「크바드라투린」 「틈 컬렉터」 등 작가의 최고 작품들이 이 시기에 생산되었다. 물론 그의 원고들은 "부적합" 판정을 받으며 차례로 반환되었다. 그는 오페라와 영화 및 광고 등 광범위한 분야의 글을 썼고 강연과 낭독회를 계속 이어갔으나, 구상했던 긴 분량의 작품들은 1930년대까지 끝내지 못하고 미완성 상태로 남게 되었다. 1940년대에도 출간 시도가 어렵사리 이루어졌으나 이번엔 전쟁이 발발했다. 크르지자놉스키는 이후 아예 소설을 쓰지 않았고 폴란드어 번역가로 생계를 이어갔다.

크르지자놉스키의 소설에 반소비에트적인 것이나 선동적인 것은 없었다. 동시에 그의 텍스트는 전혀 소비에트적이지도 않았다. 그의 소설은 완전히 다른 차원과 다른 시간에서 온 것이었다. 플롯의 기본을 평범한 일상에서 가져오는 크르지자놉스키에게는 평범한 것에서 역설을 보고 그것을 뒤집어 보이기 위해 철학이 필요했다. 그는 장르를 능숙하게 혼합해서 판타지-심리 드라마나 모험담-풍자극을 직조해 냈다. '러시아의 보르헤스'라는 별명이 무색하지 않게 보르헤스식으로 다양한 문화와 문학의 반죽을 뒤섞어 기막힌 작품을 빚어내기도 했다. 1950년 12월 28일에 그는 세상을 떠났으나 우리는 그의 매장지조차 알지 못한다.

2

『문자 살해 클럽』(1926)에서는 순간적인 것과 영원한 것, 지역에 한정되는 것과 지역을 초월하는 것, 개인적인 것과 사회적인 것, 얕은 것과 깊은 것이 검고 텅 빈 서가가 놓인 비밀 장소를 배경으로 촘촘하게 얽힌다. 작가는 나아가 공간과 시간 개념까지 마법사처럼 능숙하게 변형해나간다. 그가 빚는 이야기는 그 시작과 끝이 너무 갑작스럽고 독자가

서 있는 현재 위치의 좌표조차 뒤흔들어버리기에 독자는 곧 심연으로 추락한다.

일곱 개의 장으로 이루어진 이 중편은 각각 완결성을 지니는 다섯 개의 에피소드를 품고 있다. 일곱 개의 장이 대등한 구조로 펼쳐지는 것은 아니다. 첫번째 장은 클럽 의장의 자기 서사로, 소설 전체로 보면 도입에 해당하고, 예기치 못한 사건의 발생으로 토요 모임이 중단되는 일곱번째 장에서는 오히려 그 모임의 영향권 아래 단단히 붙들려버린 화자 '나'의 고백으로 이야기가 끝난다.

글자의 세계에 지친 작가들의 회색빛 이야기에 등장하는 이들은 다음과 같다. 셰익스피어를 연기하는 배우, 중세 유럽의 광대-성직자였던 골리아드, 중세 봉쇄수도원의 종교 음악 작곡가, 신체를 통제할 수 있는 능력을 박탈하는 진동 세포를 기반으로 세상을 기계화하는 과학자와 정치가, 입의 존재 목적을 두고 언쟁을 벌이며 답을 얻기 위해 세상을 떠도는 친구들, 저승으로 갈 여비 오볼을 빼앗겨 스틱스강을 건너지 못하는 죽은 자. 특수한 상황에 놓인 특이한 인간들은 기이한 모험을 통해 진지한 주제에 이른다. 이때 언급되는 예시들은 매우 높은 지적 긴장감을 자아낸다. 스파이크 존즈 감독의 ‹존 말코비치 되기›나 우디 앨런의 ‹스쿠프›, 영국의 디스토피아 SF 앤솔로지 ‹블랙 미러› 시리즈를 연상케 할 만큼 소재나 묘사 면에서 현대적이다. 동시에 마르키 드 사드의 영향을 받은 듯 자유주의, 유물론, 무신론, 아나키즘

적 요소를 두루 포함한 정신의학의 백과사전 같기도 하고, 도스토옙스키의 『지하로부터의 수기』의 주인공을 떠올리게 도 한다.

'나'는 '그'를 방문한다. 우연한 방문으로 생각했던 '나'에게 '그'는 자신의 토요 정기 모임에 참관인으로 참여할 것을 제안한다. 그 모임은 '문자 살해 클럽'이고 거기서 '그'는 제즈라고 불리며 의장 역할을 한다. 그가 소개하는 다른 구성원들의 이름도 기괴하다. 다스, 튜드, 히그, 쇼그, 페브, 라르. 제즈는 그 이름들이 의미 없는 소리의 나열이라고 설명한다. 이야기는 제즈의 자기 서사로 시작한다.

"만약 도서관 서가에 책 한 권이 더 놓인다면 그건 실제 삶에서 한 사람이 줄어든다는 얘기라오. 서가와 세상 사이에서 선택해야 한다면 나는 세상 쪽이오. 거품은 밝은 데로 뜨고, 자신은 바닥으로 꺼진다? 아니, 고맙지만 나는 됐소."(8쪽)

제즈는 예술가란 어떤 존재인가, 작가나 배우가 자신을 버릴 만큼 작품에 몰입해 예술과 하나가 된다는 것은 어떤 의미인가를 극단적인 방식으로 묻고 있다.

"이전에 횡령했던 환상을 이제는 비축하기 시작했고 호기심 어린 눈길들로부터 감추어 보호하기 시작했던 것이오.

나는 환상을 여기에 모두 가두고 열쇠로 잠가버렸고 이렇게 보이지 않는 내 도서관은 다시 나타났다오. 환상 옆에 환상이, 작품 옆에 작품이, 사본 옆에 사본이 바로 이 서가를 채우기 시작했소. (…) 세상에서 진실로 내게 미움받을 존재는 단 하나, 문자요! 그러니, 이 비밀을 통과해 순수한 구상의 화단 곁에서 살며 일할 수 있고 또 그렇게 되고자 하는 사람들은 모두 여기 올 수 있고 또 그렇게 내 형제가 되는 것이라오."(17~19쪽)

이후 토요 모임은 5주에 걸쳐 진행되며 매주 한 명의 구성원이 돌아가며 문자화되지 않은 이야기를 구술한다. 클럽으로 '나'가 이끌려 들어가는 도입부와 예기치 않게 벌어진 사건으로 인해 토요 모임이 중단된 이후 오히려 그 모임의 영향권에서 벗어날 수 없게 된 자신을 고백하는 '나'의 말로 맺어지는 종결부가 다섯 개의 이야기를 품고 있는 구조이다. 개별 이야기는 멤버들의 구술로 이루어지나 이도 엄연히 '보이지 않는 책'이기에 제목도 있다.

문자 살해 클럽의 첫번째 이야기는 「악투스 모르비」로 셰익스피어 희곡 『햄릿』의 변주하여 햄릿 배역을 맡은 배우의 '역할' 자체에 대한 몰입을 다룬다. 화자 라르는 길든스턴을 길든과 스턴으로 쪼개고, 오필리아를 펠리아와 펠랴로 구분하는 기상천외한 모험을 택한다. 크르지자놉스키는 연극 이론과 극작에 천재적인 재능을 보였고 특히 셰익스피어 전문가로 당대에 두루 인정받은 인물이었다. 그는 늘 '죽음'이라는 현상의 본질에 천착하는 사람이었는데 공교롭게도 햄릿이라는 인물은 죽음을 사는 남자였던 것. 따라서 햄릿이 사는 삶의 시간에 유령이 사는 죽음의 시간이 빗장 풀린 문 사이로 흘러들어 두 시간이 뒤섞이는 이 특별한 무대를 그려낸 라르에 화자인 '나'가 강하게 이끌리는 과정은 자연스러워 보인다. 죽음이라는 절대적 타자를 응시하는 햄릿의 공포와 매혹은 명배우 버비지의 화신과 대면하는 현재의 배우 '스턴'의 착란으로 더욱 생생하게 형상화된다.

"그렇게 배우는 도망쳐버렸습니다. 이 경우에는 그에게 왔던 역할로부터 말이지요. 하지만 그는 거기 머물렀어야 하는 것 아닐까요? 한 세계에서 다른 세계로 인도하는 다리 옆에 말입니다. 그러니 스턴도 머물러야 합니다. 이를 위해 필요한 것은 재능이 아니라 의지입니다."(37쪽)

소설의 첫 문장인 "익사자 위로 피어나는 거품"이 스턴이 횡설수설하며 묘사하는, 강 위로 떠가는 오필리아의 몸과 겹치며 이야기는 끝난다.

두번째 이야기는 「당나귀 축제」로 중세 유럽의 당나귀 축제를 다룬다. 프랑수아즈라는 여자의 결혼식과 당나귀 축제의 혼란을 겹쳐 보이며 성과 속의 구분에 대한 근본적인 질문을 던지는가 싶더니 스핀오프격으로 이어지는 프랑수아 신부의 이야기 「골리아드의 자루」로 뿌리 뽑힌 삶들의 역설을 전한다. 죽음을 사는 사람이 살아 있는 것들에 질문하되 그 질문은 몸을 던짐으로써 이루어진다.

"꽃은 그 뿌리가 진흙과 악취를 거름으로 해야만 비로소 순수하고 향기롭게 피어날지니. 작은 기도에서 큰 간구로 나아가려면 오직 신성모독을 통해야 할 것이야. 가장 순결하고 가장 고결한 것이 한순간이라도 더럽혀지고 추락함이 마땅할진저. 순수한 것이 순수함을, 높은 것이 높음을 달리 어찌 배울 수 있으리오? (…) 자신의 마음이 사랑하는 것 중 가장 사랑하는 것, 필요로 하는 것 중 가장 필요로 하는 것을 학대하고 모욕함으로써만 가치 있는 사람이 될 수 있을진대, 이 땅에는 슬픔 없는 길이 없기 때문이리라."(76쪽)

"골리아드는 (…) 태양까지 날아오를 수 있었을지도 모릅니다. 그러나 자기 횃대보다 더 높이 날지는 못했습니다. 영혼은 독수리의 것이었으나 날개는 길들인 닭의 것이었죠. 모든 미소는 계산되어 마치 새장에 가두듯 휴일에 가두어졌습니다."(87쪽)

이야기는 여기서 그치지 않고 '말더듬이 노트커'와 '사

복음서'의 에피소드로 이어진다. 중세 교회음악에 대한 해박한 지식이 펼쳐지는데 특이한 점은 문자를 배제하고 창작의 정수에 가닿으려던 이들 클럽 멤버들의 욕망에 부합하는 인물이 등장한다는 점이다. 선율을 품은 단어와 침묵을 품은 손톱자국의 만남이 일어난다. 그리고 이야기가 향하는 궁극의 목표는 침묵에 대한 해설이다.

"그런 다음 수도원 자기 방으로 돌아와 합창곡 ‹Media vita in morte sumus(삶 가운데 우리는 죽음에 처해 있다)›를 작곡했던 것이죠. 우리의 주인공은 삶에 쐐기 박힌 죽음을 말하고 있는 정사각형 네우마들을 찾아 도서관에서 누렇게 변한 악보집들을 뒤적였습니다. 그러나 합창곡은 어디에도 없었습니다. 대수도원장의 허락을 얻어 그는 썩어가는 악보 더미를 숙소로 가져갔고, 문을 걸어 잠근 후 모더레이터를 내린 채 건반을 눌러 밤새도록 장크트갈렌 수도사들의 고대 찬가를 연주했습니다."(93~94쪽)

세번째 이야기 「엑스」의 화자 다스는 '지팡이로 가로 대시(-)와 점(.)을 툭툭 두드리며' 문자화를 대신한다. 마치 0과 1로 이루어진 디지털 세계를 예견한 것 같다. 「엑스」는 통제와 기계화에 관해 이야기한다. 한 생물학자가 사람의 신경계와 근육계 사이의 연결을 끊어 신체를 통제할 수 있는 박테리아를 사육한다. 엔지니어 투투스는 진동파지라 불리는 이 박테리아의 통제를 맡는 한편 근육의 움직임을 특정 방식으로 조정하는 특수 파동을 방출하는 기계를 발명한다. 그는 진동파지와 이 기계를 이용해 여러 나라의 정부에 한 편으로는 정신 질환자 문제를, 다른 한편으로는 노동자 부족 문제에 대한 근본적인 해결책을 제안한다. 곧 진동파지에 의해 처리되고 기계에 연결된 첫번째 엑스들이 세상에 등장한다. 이들은 의지와 내적 충동에 의해서가 아니라 전적으로 외부로부터 통제된다. 시간이 지남에 따라 대중은 분노하기 시작한다. '미친 사람들도 그들의 광기에 대한 권리가 있다'는 슬로건 아래 집회와 시위가 이어진다. 그러나 값싼 노동력에 익숙해진 당국은 곧 진동 파지에 면역을 주는 물질 이니트를 실험실에서 합성한다. 이를 통해 당국은 모든 인류를 순종적인 엑스로 만들기 위한 계획을 시작하게 된다. 진동파지로 오염된 값싼 수출용 통조림 식품의 대량 생산이 이루어지는 동안 거대한 엑스 무리가 새롭고 점점 더 강력한 기계를 만들고 이제 전 세계가 그 영향력 아래 놓이게 된다. 그 결과, 세계 정치 체제가 무너지고 소수의 면역 엘리트가 통치하는 단일 국가 엑시니아가 탄생한다. 그러던 중 엑스의 행동에 이상한 점이 발견되고 점검 과정에서 가장 오래된 신경 자극기의 작동을 멈추자 수백만의 엑스는 거의 즉사하고 만다. 이때 각성을 일으킨 엑스의 뇌에서 특이 물질이 발견된다. 신체를 통제할 수 있는 능력을 박탈당하고 진동파지의 노예가 된 인간의 뇌가 스스로 해독제를 합성하기 시작한 것이다.

당국은 두려움을 느끼고 모든 신경 자극기를 한꺼번에 끈다. 살아남은 사람들 소수는 숲으로 탈출하여 그곳에서 완전히 야성적으로 변한다. 20세기 전반에 펼쳐진 디스토피아 시나리오다.

네번째 이야기는 페브가 지어내는 「세 입 이야기」로 전래 동화 분위기로 진행된다. 입의 목적이 무엇이냐를 놓고 세 친구가 각각 '먹기 위해' '키스하기 위해' '말하기 위해'라 주장하다가 진실을 향해 길을 떠나면서 겪게 되는 이야기다. 웃음 파는 여자인 이그노타의 죽음으로 페브가 이야기를 끝맺자 제즈는 결말의 방향을 바꿔보자며 작법에 이의를 제기한다. 이에 페브는 베네치아를 배경으로 침몰하는 수천수만의 입 이야기를 이어간다.

쇼그가 전하는 다섯번째 이야기는 주인인 셉트의 시신을 지키던 하인의 딸 파비아가 고인이 스틱스강을 건너기 위해 필요한 동전 오볼을 취하는 사건을 통해 삶과 죽음의 경계에서 펼쳐지는 신비로운 분위기를 전한다. 파비아의 운명은 앞선 네번째 이야기 속 이그노타의 경우보다 더욱 비참하다.

쇼그가 보이지 않는 책을 지은 그 토요일, '나'는 모임에 참석하지 않은 라르로 인해 불안해진다.

"라르는 무엇을 피한 것이었을까? (…) 나는 자기 내면

을 응시하는 그의 창백한 얼굴, 불규칙하게 멀어지는 그의 발걸음을 떠올렸다."(199쪽)

마지막 장은 클럽 내에서 '나'가 상대할 만한 유일한 존재라고 여겼던 라르의 충격적 소식 이후(즉, 1장에서 말하는 '거품은 밝은 데로 뜨고, 자신은 바닥으로 꺼지는' 상황이 실제로 벌어진 후) '나'의 상태를 서술한다.

"그리고 받아쓰기가 시작되었다. (…) 이제 저들의 뜻이 이루어졌으니 나는 언제 버려질지 모른다.
그렇다. 잉크가 채 마르지 않은 이 원고는 내게 많은 것을 가르쳐주었다. 말은 사악하고 집요하다. 누구든지 말을 한입 베어 물고자 하는 사람은 말을 죽이기는커녕 곧 말에 죽임을 당하고 말 것이다.
(…) 짧은 순간에 불과했을지라도 이로써 나는 궤도를 이탈해 '나'를 넘어설 수 있었다.
이제, 말들을 돌려주려 한다. 전부, 단 하나만 제외하고. 그 하나는 바로 '삶'이다."(213~214쪽)

예술 창작의 고통에서 벗어나고자 '문자'로 '쓰기'를 포기했던 재즈의 모임에 발을 들여놓았던 '나'에게 영감의 신이 내리고 거기 굴복한 '나'에 의해 이 이야기는 우리에게 전해졌다. 백여 년이 지난 지금 여기 당도한 이 낯선 이야기처럼.

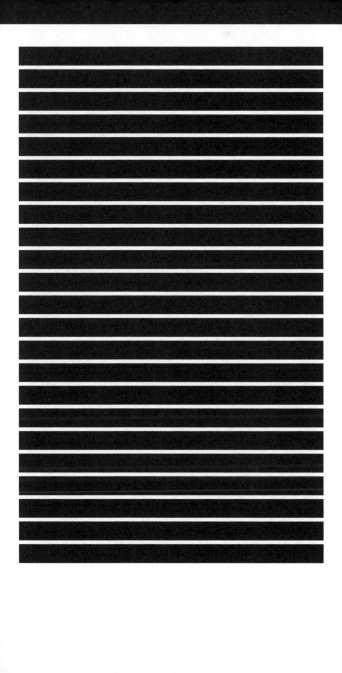

문자 살해 클럽

초판 1쇄 인쇄　　　2024년 6월 25일
초판 1쇄 발행　　　2024년 6월 30일

지은이　　시기즈문트 크르지자놉스키
옮긴이　　서정

펴낸이　　김민정
책임편집　권현승
편집　　　유성원 김동휘
디자인　　이기준
저작권　　박지영 형소진 최은진 서연주 오서영
마케팅　　정민호 박치우 한민아 이민경 박진희 정유선 황승현
브랜딩　　함유지 함근아 고보미 박민재 김희숙 박다솔
　　　　　조다현 정승민 배진성 이준희 김예리
제작　　　강신은 김동욱 이순호
제작처　　한영문화사

펴낸곳　　(주)난다
　　　　　출판등록 2016년 8월 25일 제406-016-00108호
　　　　　주소 10881 경기도 파주시 회동길 210
　　　　　전자우편 nandatoogo@gmail.com
　　　　　인스타그램 @nandaisart @mohobook
　　　　　문의전화 031-955-8853(편집) 031-955-2689(마케팅)
　　　　　031-955-8855(팩스)
ISBN　　　979-11-91859-96-6 03890